JN152567

うたを磨く

短歌入門

柏崎驍二

本阿弥書店

目次

第一章　型式を守る

現在、日本各地どこへ行っても、そこには短歌を作る人たちが居て、人数の多い少ないにかかわらず、時どき集まって歌の勉強をしています。つまり歌会という集まりです。そして、その人たちの何人かは、その地域を超えた大きな短歌の組織、つまり結社に所属していることも少なくはありません。

私は、全国規模の大きな、何百人も集まる歌会に出席することもありますし、地方の町や村の、出席者が十名にもならないような小さな歌会に招かれて出席することもあります。都市部の大きな歌会でも、地方の小さな歌会でも、その場でよく耳にするのは、第一に、若い人たちの出席が少なく心細いということです。そして第二に、もう何年も（あるいは何十年も）続けているのに、自分たちの歌が上達しているのかどうか分からない。仲間がいるから一緒に続けているだけのような気がする。そのような嘆きです。

以上の二つのことについて、私も長く歌を作り続けてきて、多くの人たちに接してきましたからよく理解できます。若い人の出席が少ないということは、種々の要因があって、今すぐどうというような解決策は無いように思われますので、ここでは敢えてとり上げないことにします。

第二の、自分たちの歌が上達しているかどうか分からないという不安、これは同じ思いの人も多いと思いますが、何か手だてを尽くせば道が開けてくるようにも思われます。

前置きが長くなりましたが、本書では、その手だてを実作品に従って探ってみたいと思います。私も実作者ですので、勉強しながら進めていくということになります。読者の方々は、添削例や説明の文章をそのまま鵜呑みにするのでなく、時には批判的に読んでいただき、ともに勉強していただければありがたいと思います。

（原作）古希過ぎて友との酒は逝きし友に黙禱をしておもむろに進む

（添削）古希過ぎしわれらの酒は逝きにたる友に黙禱してよりはじむ

時どき誘い合っては酒を飲んでいた友達、俗にいう「飲み友達」のような仲間が居たのではないでしょうか。その人たちも次第に欠け、今はごく少数、あるいは二人だけになり、幾分寂しい思いとともに今日の酒を飲みはじめるというような場が想像されます。

原作では「友」の言葉が二度使われています。「古希過ぎて友との酒は逝きし友に」までが上の句ですが、このように書き抜いてみますと、言葉の続き方が滑らかでなく、ごつごつした感じになっていることが分かると思います。

歌を作るということは、歌の型式である五・七・五・七・七の調子に、いかに言葉を乗せていくかという作業です。字余りなどをまずは排して、歌の調子に乗ったかどうかを楽しんで作るようになると良いのだと思います。

（原作）学校の裁縫室のアイロンは炭火にて暖むる遠き日

（添削）学校の裁縫室のアイロンは炭火使ひき遠き日のこと

電気アイロンの無かった頃、炭火をアイロンの中に入れて使ったことを覚えている方も多いかと思います。珍しい素材で懐かしい思いが湧く歌ですが、調子に乗っていない部分があって落着きません。

「炭火にて暖むる遠き日」という下の句七・七をみなさんはどういう調子で読もうとするでしょうか。「炭火にて暖むる」「遠き日」ですと調子が合わず変な感じです。無理に七音・七音にして「スミビニテアタ・タムルトオキヒ」と読んでみても不自然です。上の句は言葉の配置が調子に乗って滑らかですから、下の句が惜しまれる歌です。

（原作）孝標のむすめのやうに憧れし源氏物語の書写をはじむる
（添削）孝標のむすめのやうに憧れし源氏物語いま書き写す

孝標女《たかすえのむすめ》は『更級日記』の作者ですが、少女時代に多感で源氏物語に強く憧れたことを、この作品の冒頭に記しています。

原作の四句「源氏物語の」は字余りですが、特に不自然な感じはありません。「源氏物語」がひとまとまりの言葉だからです。ですから、これで出来上がっているとも言えます。でも、もう少しだけ欲張ってみましょう。原作をもう一度読み返してみてください。どこか文章調で、ことがらの叙述になっているという感じがすると思います。作者のうれしさの感情がもう少し出てくると良いのになあという感じがします。

添削例の「いま書き写す」はその思いをこめたつもりですが、どうでしょうか。

（原作）戸を開くれば温とさわれを包みこむ空気のような家人のありて
（添削）戸を開けて入りたるわれを包みこむ温き空気のような家人《いえびと》

家族の居る部屋に入った時のやすらぎの気持を詠んだ歌です。一句（初句）「戸を開くれば」が六音です。五音で詠み出すところが六音になってしまうということを、私たちはしばしば経験します。しかし、出来れば五音にしたいと思います。この歌でもそうですが、一句の六音は重たくひびいて、一首にのしかかってくる感じがあるからです。

もう一つは、二句「温とさ」と四句の「空気」がやや離れて置かれているという点です。添削例ではこれを「温き空気」とひとまとまりの言葉として使っています。この方が分かりやすく自然な感じになります。言葉の配置を整え、歌の型式にうまく乗せるということを心掛けると良いと思います。

（原作）老ひのひがみ共に流れと夜おそく乳白色の風呂の湯おとす

（添削）老いの苦もともに流れよ夜おそく乳白色の風呂の湯おとす

この歌も前の歌と同じように一句（初句）が六音ではじまっています。そこを解消させて「老いの苦もともに流れよ」と二句切れの作り方にしてみました。「ひがみ」と「苦」は必ずしも同じとは言えませんが、ここは音数の方を優先させました。

「老ひ」は現代かなづかい、古典的かなづかいにかかわらず「老い」と表記します。古語「老ゆ」はヤ行（やいゆえよ）の活用をする動詞だからです。

（原作）十三夜街の灯りを頼りつつ脱原発の列に加わる

（添削）十三夜ほのかなる夜を友と来て脱原発のデモに加わる

十三夜は陰暦の十三日の夜。原作は、十三夜の月がほのかに明るい街に来たことを述べたと思われますが、一二句「十三夜街の灯りを頼りつつ」は、それが言い得ていません。一句「十三夜」がそこで切れた感じで、ここが浮いています。この言葉が二句以下に滑らかに続くように添削してみました。

（原作）原発は柿買うあきんどの姿消しすずなりの枝に椋鳥の群

（添削）原発の事故に柿買う人もなく椋鳥群るるすずなりの枝

福島県在住の作者の歌。原発事故による汚染の現実を伝えています。歌の内容はよく分かりますが、一首として落ちつかない感じがあります。

「姿消し」が上の句の終りの言葉ですが、それが下の句にどのように続くのか、そこを明確にしたいと思います。添削例はそこを改めて「人もなく」「(椋鳥)群るる」としてみました。この方が安定するかと思います。

（原作）庭先に小さき抜け殻出でくれば蟬一匹のここがふるさと
（添削）庭先に抜け殻ありて落葉深し蟬一匹のここがふるさと

庭先の蟬の抜け殻を見て、ここをふるさととした蟬のいることを思う歌です。原作の二句「小さき抜け殻」は八音ですが、作者は「ちさき抜け殻」と七音に詠んだのでしょう。定型に従っていて整った歌と言えます。しかし惜しまれるのは、この歌が少し説明的で作者の思いが隠れてしまっていることです。それは「出でくれば」という説明調の言葉が三句にあって、下の句へ橋渡しする役目をしているような作りかたによると思われます。

添削例では思い切ってこの言葉を除いてみました。「抜け殻ありて落葉深し」とする三句切れの作りかたです。「落葉深し」は字余りですが、この字余りの調子に作者の感情がこもるように思われますので、こういう字余りは効果的です。蟬一匹のふるさとなのだと思う作者の感情が、原作にくらべてより強く出ている歌になっていると思います。

（原作）雪雲の過ぎたる後の朝空に白き下弦の半月のこる
（添削）雪雲の過ぎたる後の朝空に下弦の月の白くのこれる

定型の調子に乗ってしっかりと詠まれています。いわゆる自然詠と言われる歌ですが、自然詠の難しさは、対象の真の様子に迫りながら、作者個人の思いをそこに滲ませるように詠むという難しさです。

くれなゐの二尺のびたる薔薇の芽の針やはらかに春雨の降る

正岡子規の歌です。作者個人の思いは直接には述べられていないように見えます。しかし、何やら優しげな感じが一首を通して滲み出ていることが分かります。

添削例「下弦の月の白くのこれる」は、そこに幾分でも作者個人の思いを滲ませようとした添削です。

第二章　かたちを整える

前章では「型式を守る」というタイトルで、歌の型式である五・七・五・七・七の調子に言葉を乗せてゆくことの大切さを述べました。今回もそれの続きのようなことになりますが、歌一首、五・七・五・七・七のどこかに句切り（切れ）を入れるなどしながら、一首のかたちを整えることを中心に見てゆきたいと思います。

ゆく秋の大和の国の薬師寺《やくしじ》の塔の上なる一ひらの雲

葛の花　踏みしだかれて、色あたらし。この山道を行きし人あり

よく知られている歌で、前の歌の作者は佐佐木信綱、後の歌の作者は釈迢空です。この二首を比べてみますと、それぞれの歌の見た目の違い（かたちの違い）がよく分かると思います。前の歌は、助詞「の」を重ねて使いながら直線的に、滞ることなく詠みすすめられている感じがします。それに対して後の歌は、一字空きや句点、読点などを使いながら途切れがちに詠みすすめられている感じがします。しかしどちらの歌も、作者の思いは乱

れることなくそこに込められています。

つまり、一首の作り方の「かたち」はいろいろ考えられるのですが、そこに込められる思い（歌の主題）は乱れていてはいけないということです。

（原作）震災の見舞の礼にと大子町の放射能検査済みのお茶届きたり

（添削）お見舞の礼に届けり放射能検査済みなる大子町の茶

大子町《だいごまち》は茨城県北部にあり農業の盛んな町。そこに知人のおられる作者は震災のお見舞を差しあげた。その折の歌であると思われます。「放射能検査済み」がこの歌の最も大切なところでしょう。原作の「お茶届きたり」の結句はおさまりがいいのですが、そこに到達する初句から四句までは整理が必要かと思われます。それは主に「見舞の礼にと」「大子町の」「放射能検査済みの」の二・三・四句が字余りであることによると思われます。

添削例は「震災」の言葉を入れる余裕はありませんでしたが、二句で切った作り方でかたちは整ったかと思います。

（原作）握力の落ちたる掌には開けがたくジュースや缶詰ふたたび蔵ふ
（添削）握力の落ちたる掌には開けがたしふたたび蔵ふジュースも缶詰も

意味のよく通った歌で、初句から結句まで滞りなく言葉がはたらいている感じです。しかし読み返してみますと、どこか一本調子で、文章に似た感じがすることに気づくと思います。作者の思いや嘆きがどこかに出てほしい歌です。

添削例は、結句「ジュースも缶詰も」を独立させましたが、そこに心情を込めてみたかったのでした。

（原作）すべりどめの鋲打つ靴に拝殿のきざはしのぼる音を慎む
（添削）拝殿の階に慎むすべり止めの鋲を打ちたるわが靴音を

神社に御参りした時の歌。厳かな場に、自分の靴の鋲の音がひびくのを気にされています。原作はこのままでも完成度の高い、整った歌と言ってよいでしょう。

しかし、私がすこし気にしましたのは、初句から四句まで「すべり止めの鋲打つ靴に拝殿のきざはしのぼる」が単調に、説明的に聞こえないだろうかということです。添削例は二句で切って、一首の調子を引締めてみました。

(原作) 電灯に継ぎ足しやりし下げ紐の役終えたるを気づかず居たり
(添削) 電灯に継ぎ足しやりし下げ紐がそのままにあり役終えしいまも

このような素材は私たちの日常に身近にあるのですが、つい見過ごしてしまいます。作者はある時それに目を止め、今は使わなくなっていることに気づきます。そこで「役終えたるを気づかず居たり」と表現したと思います。しかしこの表現はあまりにもそのままで、生硬な感じです。

添削例の独立した結句「役終えしいまも」から、読者はいろいろな場合を想像するのではないでしょうか。

(原作) 秋の陽は音なく沈みぬばたまの庭にたたずみ蟬しぐれ恋ふ
(添削) 秋の陽ははや沈みたりぬばたまの庭にたたずみ蟬しぐれ恋ふ

「はや沈みたり」と二句で切ってみました。原作の二句「音なく沈み」と四句「庭にたたずみ」の「沈み」「たたずみ」がともに動詞の連用形で、重なり合って下に続いていく感じがしますので、それを避けてみました。こうすると落着いた調子になると思います。

（原作）明治節の唱歌一節書き添へて友よりの文わが生まれ日に

（添削）明治節の唱歌一節書き添へて友の文来ぬわが生まれ日に

明治節の日にいつも歌った歌があり、作者も友もそれを今も記憶し懐かしんでいるようです。原作の四句「友よりの文」は「友よりの文来ぬ」の意味であることは分かりますが、それでもこの四句の句切り方は落着きません。「書き添へて」を受け止めた「来ぬ」があるべきでしょう。

（原作）カナダへの移民の友へ送る文流氷の切り抜き添えて

（添削）移りゆきしカナダの友へ文送る初流氷の切り抜き添えて

意味の通った歌ですが、四句「流氷の」が字足らずで、調子がうまくいきません。作者の添えがきに「オホーツク海初確認」とありました。そうしますと「初流氷」としたいところです。調子も整いますし、歌も生き生きとしてきます。

（原作）ガンジスの黄なる濁流群れ流る水牛の絵の河も牛も神

（添削）ガンジスの黄の濁流も群れあへる水牛も神のもたらしもの

やや意味のとりにくい歌です。歌の型式は一首にそう多くのことは盛れません。この歌は絵を見て詠まれたのかもしれませんが、内容を効果的に表現するために省きました。添削例は、多分に添削者個人の判断によるかもしれませんが検討してみてください。

（原作）除雪車の重たき音に真夜覚めて地震《なゐ》かと思ひしばし身構ふ

（添削）除雪車の重たき音に目覚めたり地震のごとくに響きくる音

原作は「地震かと思ひしばし身構ふ」が一首の中心になっています。しかし、「除雪車の重たき音」ということをすでに上の句で種明かしのように述べていますから、この四句「地震かと思ひ」はあまり生きた言葉とはなっていないようです。ですから、述べ方の順序としては、「地震かと思って身構えた」を先にし、しかしそれは「除雪車の重たき音」

だったと後で述べる方が、作者の意図にかなうことになるのかもしれません。

添削例は、とりあえず原作の形に合わせてみたものです。「地震のごとくに響きくる音」は原作に比べ控え目の表現ですが、これぐらいの方が地震の不気味さの感じを伝えるのではないでしょうか。

（原作）美容室のドアを開ければ目に入りぬ青いろ花瓶に韮の白花
（添削）青いろの花瓶の韮の白花に迎へられつつ入る美容室

美容室に入ってまず目にした花瓶と花を作者は美しいと思ったに違いありません。「青いろ花瓶に韮の白花」というように、花瓶と花の色を対照的に受け止めていることからもそれは分かります。それにしては三句「目に入りぬ」が味気のない述べ方になってしまっています。

添削例はやや浮き立った気分になるように、「迎へられつつ」という言葉を用い、結句を「入る美容室」と名詞（体言）で終るようにしました。

原作は「目に入りぬ」で切れる三句切れで作られていますが、添削例は句切れなしの歌になっています。句切れを入れた方がいいか、無い方がいいか、それはその歌に詠まれている内容やそこに表れている心情などによって、その都度変わってくるもののようです。句切れを入れてかたちが整ったように見えても、作者の心情が隠れてしまうということもあるわけです。

（原作）畏れつつ咲くにはあらぬシクラメン深紅のつぼみ鉢に犇めく

（添削）深紅なるつぼみ犇めくシクラメン畏るるもののあらざるさまに

シクラメンのつぼみの勢いあるさまを目にした作者は、その時の思いを「畏れつつ咲くにはあらぬ」と一、二句でまず述べました。そして以下にシクラメンのつぼみの様子を述べるという順になっています。

しかし読者には一、二句の「畏れつつ咲くにはあらぬ」が、やや唐突な感じにも思われるのではないでしょうか。

添削例はその作り方を逆にしたものです。はじめにシクラメンのつぼみのさまを述べ、後に作者の心情を添えたものです。この方が落着いた感じになるのではないでしょうか。

第三章　無理のない言葉づかい

推敲は歌を作る上で欠くことができませんが、そのことに執着しすぎると、自分の最初の思い（感動）がどこかに埋もれて見えなくなってしまっているということがよくあります。そのような時、私たちは大抵あの言葉、この言葉というように言葉を求めてそのことに捕らわれ、ともすると熟《こな》れない表現、無理な言葉づかいを選んでしまいがちです。

幼子は鮭のはらごのひと粒をまなこつむりて呑みくだしたり

これは木俣修の歌で歌集『冬暦』の中の一首です。昭和二十一年ごろの作と思われます。「はらご」は鮭の卵で「はららご」と言いますが一般には「いくら」と呼ばれています。この歌には無理な言葉づかいが全くありません。それでいて幼子の様子や、それに目を向ける作者の優しさのような心情がよく表れています。

私たちが歌の勉強の場として設けている歌会では、ともすると表現技法のことに発言が傾きがちで、いわゆる凝《こ》った表現のある歌に注目しがちです。表現の工夫はもちろん大切ですが、それが過剰になると一首としての良さを損うことにもなりかねません。

（原作）手を組みて犬なる影を鳴かせしが続きは人の声にて語る

（添削）手を組みて影絵の犬を鳴かせしが続きは人の声にて語る

両手を組み合わせてつくる影絵遊びが歌の素材です。影をうごかしてワンワンと鳴かせたが、それから後は人間の声で語ることになると詠んでいます。犬の言葉で言えばいいのでしょうが、それはできません。面白い発想で楽しい歌となっています。二句「犬なる影」は少し生硬な感じがあると思います。「影絵の犬」とはじめから提示して、この歌の主題を明らかにする方がよいと思います。

（原作）老体を保たむひとつの方途なり今朝も歩きぬ凍てつく道を

（添削）老いゆかむ身なれど元気を保ちたし今朝も歩きぬ凍てつく道を

健康のために毎朝歩いている作者のようです。老体ではあるが、何とか今の健康を保ちたいという訳です。「方途」は「なすべき方法」の意。歌は「方途なり」で切り、さらに

「今朝も歩きぬ」で切る作り方（三句切れ、四句切れ）ですが、型式を守ってよく整っています。

問題は上の句の「老体」と「方途」です。これらの漢語（漢字の音でつくられた語）が歌を硬くぎこちないものにしていないでしょうか。添削例はそれらを避けた表現になっています。この方が歌に対する親しみが増してくるでしょう。

（原作）正月の行事を問へば蝦夷鹿を食せし事を答ふる妻は

（添削）正月の行事を問へば蝦夷鹿を食べましたよと妻は答ふる

素材がよく生き生きとしていて興味をそそられる歌です。蝦夷鹿《えぞしか》は日本最大の鹿で北海道の森林・原野に分布すると辞典にありました。正月に食べたという蝦夷鹿のことや、その人たちのことがもっと知りたくなってきます。

詠まれている内容に充分に重いものがありますので、表現はそのことを平易に述べるだけでよいでしょう。「食べましたよと妻は答ふる」はさりげない答え方のようですが、そこに作者の驚きが隠れているようにも受け止められると思います。

（原作）頭髪の渦巻く癖が取り持って床屋の主と親しくなりぬ
（添削）頭髪の渦巻く癖が同じとぞ床屋の主人と親しくなりぬ

日常の中の小さなことかもしれませんが、それを心に留めて歌にする。これは大切なことで、忘れてしまわないうちにメモしておくということも、歌人たちのよくすることです。
この歌は、床屋に行ったその夜に作ったものかもしれません。親しみの感じられる歌です。原作「取り持って」は説明的で、言わずもがなという感じです。歌は説明してしまうと抒情という深みを削ぐことになります。言いたいことを少し抑えるというぐらいでいいのでしょう。

（原作）利き酒をあてて五代目決まりたり大寒もあけてここにも春が
（添削）利き酒をあてて五代目決まりたり大寒あけて春がちかづく

酒造に携わる人の作でしょうか。酒を口に含んで銘柄をあてる利き《き》酒をして、この若者は力を見せたのでしょう。周囲の人たちは、よい後継ぎの誕生だと声に出して喜んだのかもしれません。原作の下の句「大寒もあけてここにも春が」はややもたついた表現になっています。「も」の重なりも気になります。上の句に主題がありますので、下の句七・七はあっさりと述べてよいところです。

（原作）昨日より桜紅葉のしっとりと我が足音のみの今朝の校庭

（添削）昨日より桜落葉のしっとりとなりたるを踏む今朝の校庭

毎朝の散歩にまだ静かな校庭を通りぬけてゆくのでしょうか。散り敷いた桜の落葉を踏む静けさを詠んだよい歌です。昨日から落葉がしっとりとなったと受けとめているところが何よりもよいところです。

添削例は、桜紅葉を桜落葉とし、足音のことは削除しました。歌は一つの主題のもとにすっきりとまとまり、そこに深さとか奥行きのようなものがこもるのが理想的です。

（原作）福豆を入れて炊きたる白御飯百歳越えし母と食むなり

（添削）福豆を入れて炊きたる豆御飯百歳越えし母と食べたり

述べようとすること、主題が明確で乱れのない作り方をしています。これででき上がっている歌と言ってもいいと思います。でも少しだけ添削してみました。

「食《は》む」は「食べる」の意味で一般的に歌の中に使われているようです。でもこの言葉は、辞典の一番目の意味の「牛・馬などが草を食べる」のような感じをまだ含んでいると思います。御飯などはやはり「食べる」「食ぶ」が、今のところ私たちに馴染んだ言葉となっています。


（原作）蛇ぎらいは母親ゆずり戦場にて父は其《そ》を喰い生き延びしとぞ

（添削）蛇ぎらいは母親ゆずり戦《いくさ》にて父はそを喰い生き延びしなれど

母も私も蛇ぎらい。でもその蛇は、戦の時に父が食べて生きのびた大事な蛇なのですよ、ということを詠んだ歌です。自身にひきつけた素材で、歌が生き生きとしています。

「戦《いくさ》にて」と添削したのは、定型の五音にするため。初句「蛇ぎらいは」が字余りなので、三句も続いて字余りになるのを避けるためです。結句「生き延びしなれど」は逆に字余りになってしまいますが、敢えて「なれど」という逆接（…だけれども）の言葉にしました。この方が一首として意味上のまとまりがでてくるからです。

（原作）臥病《やみ》終へてはじめて浸る峡の湯にこおどりさせてぼたん雪降る

（添削）病癒《やまひい》えはじめて浸る峡の湯に淡く降りくるぼたん雪見る

病気回復の後のうれしさを詠んでいます。ぼたん雪がいかにもふさわしい素材です。作者のよろこびの気持をそれに託そうとしたと思います。でも「こおどりさせて」（旧かなづかいは「をどり」）は少し弾みすぎのように感じられます。「淡く降りくるぼたん雪見る」は平凡のようにも見えますが、病気回復をよろこぶしみじみとした思いは、この控え目の表現にこもるものと思われます。

（原作）劇場を出ればは凪原橋まではせめてステップ踏みて行きたし

（添削）劇場を出《い》できてうれし凪原橋まではステップ踏みて行きたし

劇場で楽しく心の弾む劇を観た後の心情を詠んだ歌ではないでしょうか。「ステップ踏みて行きたし」からそのように受け止めました。しかし「劇場を出れば凪原橋までは」は唐突で、どこか表現不足の感じがします。歌を詠む人の立場からは、添削例の「出《い》できてうれし」のような心情表現が示されていると、それ以下の句が素直に心に入ってくるかと思います。劇場と家との間に「凪原橋」という橋があるのでしょう。心ひかれる固有名詞です。

（原作）担架の上わが呼ぶ声に反応し笑顔見せしもヨネさん逝けり

（添削）担架の上わが呼ぶ声にかすかなる笑顔見せしもヨネさん逝けり

「ヨネさん」という名がそのまま使われています。作者がいつもそう呼んで親しんでいた方なのでしょう。この名（固有名詞）が生きている歌です。

原作の三句「反応し」はどうでしょう。例えばこの言葉を除いて「わが呼ぶ声に笑顔見せし」でも、意味はしっかりと伝わります。つまり「反応し」はあまり役目をなしていない言葉ということになります。

短歌五・七・五・七・七の型式はそう多くの内容を盛ることはできません。必要以上の言葉を除いて、伝えたいことの本質に近づく表現をめざしたいと思います。

第四章　説明的でなく

歌会の場での批評に「説明的」という言葉がよく出てきます。「やや説明的だ」とか「説明的でなく詠むべきだ」という言い方です。

「説明的」とはどういうことでしょうか。「説明」を辞典で見ると「事柄の内容や意味を、よく分かるようにときあかすこと」とあります。「事柄の内容や意味がよく分かる」ということは、どのような場合でも基本のことで、「よく分からなくてもよい」ということは言えません。短歌の場合に問題になるのは、「よく分かるようにときあかすこと」の「ときあかす」にあたる表現で、それが韻文としての味わいを損ねる結果になっている時です。

「説明的」と言われそうな例をいくつかあげてみます。

1　自分の伝えようとする事柄をよく分かってほしいと思い、丁寧に多くのことを取り込んでしまっていること。

2　短歌の五・七・五・七・七の韻律（調子）を生かさずに、述べ方が普通の文章とあまり変わりのないものになっていること。

3　形容詞「うれし」「かなし」など、述べずともそれと分かるのに敢えてその言葉を用いること。

4　動詞「おり（をり）」助動詞「なり」が一首の終りにあって、それが「存在」や「断定」の強いひびきをともなうこと。

5　助詞「て」が重なって使われ、下へ下へと続く述べ方になっていること。

まだ他にもあると思います。大事なことは、短歌は散文ではなく、韻律をともなう韻文（詩）であるという意識をもつことでしょう。

次の歌は、高安国世が文学を志した二十歳頃の歌です。

かきくらし雪ふりしきり降りしづみ我は真実を生きたかりけり

雪がしきりに降っていること、自分は「真実」の道を進みたいこと、二つのことが詠み込まれています。雪が降っているのは実際のことなのか、それとも比喩なのか。「真実」とは何なのか。そういう事柄を作者は述べようとしていません。それでも、作者のひたすらな気持をこの歌は伝えています。省けることは省いて、事柄の本質を述べている歌、つまり「説明的でない」歌と言えるでしょう。

（原作）その時の来らば入りなむ墓石にかかれる黄砂拭きて参りぬ
（添削）その時の来らば入らむ墓石にうすくかかれる黄砂を拭きぬ

この歌は、動詞とその付属語のついた言葉が五つあります。「来らば」「入りなむ」「かかれる」「拭きて」「参りぬ」です。この動詞の多さが歌を煩雑にしています。

この中で省いていいのは結句の「参りぬ」です。「参りぬ」が無くても墓参の歌と理解できます。述べなくても分かる（推測できる）ことは述べない方がよく、それが述べられていますと「説明」になってしまう訳です。

（原作）グランドでボール蹴る子等元気なり少数なるも母校のこれり
（添削）グランドでボール蹴りいる子等の数少数なるも母校のこれり

廃校が検討された学校の存続が決まり、安堵する作者の心情が感じられる歌です。第三句「元気なり」はそこに作者の弾んだ心情が重ねられて、そう悪くはありません。しかし、一首のもつ内容を考えますと、「元気なり」がやや浮き上がって、本旨を逸れるように思います。そこで、やや地味ではありますが「子等の数」としてみました。

（原作）飼い猫とエゾクロテンが窓越しに仁義交わすかしばし見つめて
（添削）飼い猫とエゾクロテンが窓越しに見つめあいたり仁義交わすか

窓の外を移動中のエゾクロテンが一瞬足を止めて、家の中の飼い猫と向き合ったのでしょう。スリリングな場面です。作者はふと、おや仁義でも交わすかと思ったのですが、ここがユーモアで歌を楽しいものにしています。

添削例は、結句に「仁義交わすか」を据えました。この方が場の緊張感を伝えると思ったからです。「窓越しに仁義交わすか」ですと、説明の感じがすると思います。

（原作）胃の弱き夫に贈りしチョコレートバレンタインを過ぎてわが食《た》ぶ
（添削）胃の弱き夫に贈りしチョコレートをわが食ぶバレンタインを過ぎて

意味のよく分かる歌ですが、原作は初句から結句までがひと続きの文のように述べられている感じがしないでしょうか。特に「チョコレートバレンタインを過ぎて」と続くところが間延びしていますので、ここを引き締めたいと思います。添削例は第四句の途中で切れる「句切れ」のある作り方になっています。

（原作）流氷に守られて着き網走の水槽に舞ふクリオネけなげ

（添削）流氷に守られて着き網走の水槽に舞ふクリオネちさし

クリオネは流氷の下などに棲息する小さな生物。その愛らしい動きがテレビなどで紹介されたりしています。作者は、網走の水族館の水槽で舞うように泳いでいるのを見たのでしょう。厳しい自然の中で生きる小さい命を思い、けなげであると思った訳です。だからと言って、その心情（主観）を直截に述べてよいということにはなりません。それは往々にして歌を平板にしてしまいます。

（原作）夫の耳に「ご飯ですよ」と告ぐ声に壊れしレコード思ひをり

（添削）夫の耳に「ご飯ですよ」と呼びかける壊れしレコードのごときわが声

ユーモアのある歌。結句「思ひをり」はこの歌にとって生きたはたらきをしていませんから、添削例では削除しました。歌の味わいは、自分の声を嗄れたような奇怪な声だと思ったところにありますから、「わが声」で終る方が効果的です。

（原作）予告なく赤き椿がポトリ落つ人は忌みてもわれは好きなり

（添削）音のして赤き椿が落ちにけり人は忌むともわれは好めり

原作の形がそのまま添削例の歌となっています。改めたのは言葉の使い方です。初句「予告なく」は特に説明的な使い方で、仮にこの言葉が無くても少しも不自然ではありません。それで、その場の状態を伝える言葉「音のして」を選びました。必然的に第三句の「ポトリ」（落ちる音、または状態をいう語）は削除することになります。

（原作）希釈する液体のごと身も心もつかれをためて日を重ねおり

（添削）希釈せし液体のごと身も心もつかれをためて過ぎゆく日々か

希釈は溶液を水などで薄めること。疲労のため意欲の湧いてこない自身を喩えた言葉として適切です。原作のままでも出来あがっている歌と言えると思います。しかし、欲張って結句を「過ぎゆく日々か」としてみました。「日を重ねおり」は穏やかな述べ方ですが、やや説明的でもあります。「過ぎゆく日々か」は作者の嘆きを伝える表現です。

（原作）木枯らしが頭上越え行く里山の日溜まりで一日木を伐りてをり
（添削）木枯らしが頭上越え行く里山の日溜まりのなか一日木を伐る

心ひかれる歌です。ある歌会で私はこの歌に票を入れたのではなかったかと思います。山林では冬によく伐採の仕事をします。この歌は、春も近づいている頃のことではないでしょうか。季節の様子と人間とがうまく詠み込まれています。しかし、これも欲張って、先の歌と同じように結句の「をり」を避けて添削してみました。みなさんはどちらに賛同するでしょうか。

（原作）駅ビルに買ひし透明の傘させば降りくる雪は翳《かげ》を積らす
（添削）駅ビルにて買ひし透明傘させば降りくる雪は翳おびて積む

最近多く使われるようになった透明の傘ですが、「透明の傘」と言えば傘の説明で、「透明傘」と言えば物それ自体を指すことになります。一般に普及していますから「透明傘」と言ってよいでしょう。降ってくる雪が傘を透して見えるのですが、次第に傘を暗くして積もったのでしょう。「翳を積らす」は工夫のある表現ですが、ここは少し抑えて普通に述べた方が一首を安定させると思います。

（原作）祈りとぞ見し人ありて木蓮のつぼみ眺める震災日来つ
（添削）その形祈りのごとき木蓮のつぼみを仰ぐ震災日来つ

木蓮のつぼみは先が尖った形ですが、少し曲がっており、どのつぼみも北の方角に先端が傾くような立ち方をします。それを「祈り」のように見たのかと想像しました。それはそれとして、この歌は誰か他の人のことを詠んだのでしょうか。「見し人ありて」の助詞「て」の接続から、「眺める」のもその人のように考えられます。それとも、つぼみを眺める人は作者なのでしょうか。添削例は少し強引ですが、すべて作者自身のこととして作りました。この方が歌としての力があるように思われます。

第五章　文語の落着き、口語の親しさ

歌を作る上で、文語、口語という言葉の使い分けは少し難しいところがありますが、一応は頭に入れておくべきことです。

文語とは一口で言えば「平安時代語を基礎とした言葉」です。「いまは昔、竹取の翁というもの有りけり」のような文は文語文です。それに対して口語とは「日常のはなしことばを基準とした現代語」です。「いまではもう昔のことだが、竹取の翁という者が居たそうだ」は口語文です。

短歌は長い歴史をもつ型式ですが、多くは文語で作られて来ました。明治時代になって、文章の言葉づかいを話すことばに一致させようという運動（言文一致運動）があり、それが短歌にも及びました。石川啄木の短歌などはそのような時代状況のもとで作られたものです。

次の二首は現代の短歌です。

春の夜にわが思ふなりわかき日のからくれなゐや悲しかりける

こみあげる笑ひを必死にかみ殺しこらへてゐるのは知つてるぜ、おい

前の歌の作者は前川佐美雄、後の歌は永田和宏です。前の歌の文語調、後の歌の口語調がお分かりかと思います。落着いた文語調、親しい口語調という感じです。次の歌はどうでしょう。

踏まれながら花咲かせたり大葉子もやることをやつてゐるではないか

作者は安立スハル。この歌は二句「花咲かせたり」までが文語を使い、「大葉子も」から以下は口語を使っています。文語と口語の入り雑じった歌は現代ではごく一般に見られます。どちらか一方にするというのが無理なのかもしれません。

文語にて書くわが歌にしばしばもお邪魔しますと口語が混じる

筆者、柏崎の歌です。口語にも上手に付き合っていきたいという思いで作ったのだったと思います。

（原作）軒下に積みあげられし薪木匂う冬日あまねく朝よりぬくし

（添削）軒下に積みあげられし薪木匂う冬日あまねく朝より差して

文語調の歌で、落着いた印象を受けます。歌は三句切れの作り方ですが、上の句も下の句もそれぞれ整っています。問題なのは「薪木匂う」と「朝よりぬくし」の関係です。「薪木匂う」ということを述べて上の句を独立させた訳ですから、下の句はそれを助けるように作るのがよいと思います。「朝よりぬくし」は上の句から少し逸れて、別のことに移っています。三句切れでは、このような例がしばしば見られます。一首としての統一ということから、添削例のようにしました。

（原作）通学路に毎朝立てる婦人ゐて子らの頭をなでて送りぬ

（添削）通学路に毎朝立てる婦人ゐて子らの頭を毎朝なでる

「児童見守り隊」などの言葉を聞きます。この婦人もそういう人でしょうか。あるいは自発的に奉仕活動をしている人かもしれません。ある程度年配の方のように思われます。原作は言葉づかいなどは特に悪いところはありません。しかし一首としてもの足りない感じがします。状況をそのとおり述べただけという印象です。もう少し何か主張するところがあってよいと思い、添削例のようにしてみました。「なでる」は口語で、文語ですと「なづる」となりますが、この歌では「なでる」が親しくてよいと思いました。

（原作）デフォルメは詠嘆と言いし洋画家の本物よりも生きいき咲く薔薇
（添削）デフォルメは詠嘆と言いし画家の薔薇本物よりも生きいきと咲く

デフォルメはもとの形を変えること。この洋画家は、詠嘆の表現のためにデフォルメの必要なことを言ったのでしょう。原作は「洋画家の本物よりも」の言葉の続き方、また「生きいき咲く薔薇」の調子のたどたどしさが難点です。より自然な表現を考え添削例のようにしました。

（原作）ガタガタとゆれてそれからおばけがね黒いおばけと津波を言う子
（添削）ガタガタとゆれてそれからおばけがね黒いおばけがと子の言う津波

幼い子供の語る津波の体験を聞いた作者でしょう。ほとんどが子供の会話でできている歌です。直接話法の口語が生き生きと取り込まれています。結句が「子」で終るか「津波」で終るか微妙なところですが、ここは「津波」を中心とした歌にしてみました。

（原作）朝の陽を背にして長き自が影と「おすまうするよ」とゆれるをさな子
（添削）「おすまうするよ」朝の陽を背に自が長き影に向かひて体ゆらす子

この歌も会話が直接取り込まれています。面白い内容の歌ですが、原作は言葉が下へ下へと続く感じの作り方ですから、どこかで引締めたい気がします。

「おすまうするよ」は七音ですが、思い切って初句に据えてみました。以下はその場の説明ですが、初句を支えていると思います。「自」は「し」と読み「自分」の意。

（原作）噴水をしばし眺めて帰りくる〈結局伸びてもたかが知れてる〉
（添削）噴水をしばし眺めて帰りくる〈いくら伸びてもたかが知れてる〉

〈結局伸びてもたかが知れてる〉は作者の率直な思いで、それが口語の表現にそっくりと移されています。「結局」は「結局たかが知れている」の修飾関係なのですが、「結局伸びても」は言葉の続き具合が少し無理なので簡単に「いくら伸びても」としました。作者らしい物の見方があって魅力ある歌です。

窪田空穂に次の歌があります。

湧きいづる泉の水の盛《も》りあがりくづるとすれやなほ盛りあがる

これは泉の水ですが、先ほどの噴水の歌と並べてみますと、それぞれの作者の見方の違いがよく出ていることが分かります。

（原作）何という明るい夜だ満月は凍てし雪野を青々照らす
（添削）何という明るい夜だ満月は凍てし雪野を青く照らせる

この歌ははじめに作者の思いを述べています。その口語が弾んで生き生きとしています。二句までで思いを述べ、三句以下で具体的状況を述べるという二句切れの典型的な作り方の例です。「青々照らす」でもよいのですが、「青く照らせる」の方がより落着いた表現かと思います。助動詞「る」（「り」の連体形）を添えてみました。

（原作）冬日射す川べりに座し猫の毛を梳く老人の動きゆっくり
（添削）冬日射す川べりに座し猫の毛を梳く老人の動きゆるやか

猫と居る老人ののどかな様子が詠まれています。「ゆっくり」は口語で私たちが日常使っている言葉です。「ゆるやか」も口語ですが、「ゆっくり」よりも文語に近い感じをもつ言葉です。原作の「ゆっくり」を「ゆるやか」と添削しましたがどうでしょうか。この方が少し落着きがあると思います。口語は親しいのですが、それを生かして使うということがそう簡単でないと言えるのかもしれません。

（原作）鳥声をバックグラウンド音楽に大野を行けば麦の穂揺れる
（添削）鳥の声はバックグラウンドミュージック大野を行けば麦の穂揺れる

爽やかな歌です。「バックグラウンドミュージック」は一纏まりの言葉ですから、そのとおりに使っていいでしょう。

結句の「揺れる」は口語の使い方で、文語であれば「揺るる」となります。古語「揺る」は「れ・れ・る・るる・るれ・れよ」と活用する（下二段活用）動詞だからです。

この歌は口語「揺れる」が、一首の内容にふさわしく、堅苦しくならずにごく自然に収まっています。

（原作）合格の嬉しき知らせ家族みなげんこつタッチ、ハイタッチせる
（添削）家族みなげんこつタッチ、ハイタッチ合格の報いま届きたり

喜びの思いを詠んだ歌ですから「嬉しき」の言葉は敢えて使わなくていいでしょう。歌の作り方が文章のような説明に傾いています。もっと弾んで、喜びに湧きたつようにしたいと思い、「げんこつタッチ、ハイタッチ」を上の句に移してみました。原作とは逆になっています。この方が引締まり、調子もよくなります。現代の言葉が生かされた歌です。

（原作）近頃はもの忘れして言ふこともちぐはぐとなる春の夜の会話
（添削）近頃はもの忘れして言ふこともちぐはぐとなるこの春の夜も

「ちぐはぐ」という言葉はいつも私たちが使っている言葉です。日常語という呼び方もします。辞典には明治以前の使用例も出ているようです。その言葉が口語であるか文語であるかの区分は一概には言えないことです。

結句「春の夜の会話」は字余りの八音です。そして「会話」は、この言葉が無くても分かりますから削除しました。「春の夜」はどことなく朧《ろう》とした感じがあります。この歌の結句にはふさわしいと思いました。

第六章　新仮名遣いと旧仮名遣い

歌を作る人誰もがどちらかを選択している新仮名遣いと旧仮名遣いについて述べておきたいと思います。

新仮名遣い（略して「新仮名」）は正確には「現代仮名遣い」と言います。これは昭和二十一年に「現代かなづかい」として内閣告示されたものを、昭和六十一年に改正し「現代仮名遣い」として現在の社会で一般に使用されているものです。旧仮名遣い（略して「旧仮名」）は、「歴史的仮名遣い」と言います。「現代仮名遣い」に対する呼び方です。この歴史的仮名遣いは、「現代かなづかい」が制定される以前の長い期間にわたり用いられてきた仮名遣いですが、基準を平安時代の仮名遣いにおいています。学校で学習する古文の仮名遣いと言っていいでしょう。

現代の私たちの作る短歌には現代仮名遣いによるものと歴史的仮名遣いによるもの、どちらも一般的に見られます。

人間で言うなら介護5を越えてシダレザクラは生かされている

カミツレを買つて帰らうか傷ついたヤマネのやうに君がゐる家

前の歌の作者は奥村晃作、後の歌は永田和宏です。前の歌の「言う」「いる」は現代仮名遣いで、後の歌の「帰らうか」「やうに」「ゐる」は歴史的仮名遣いです。二人ともそれぞれの思いがあって仮名遣いを選択していると思います。

現代仮名遣いは現代語の発音に基づくものですから、書き誤りも少なく、読み易いという良さがあります。それに対して歴史的仮名遣いは、難しい面があり書き誤りも多いのですが、伝統的な味わい深さを備えています。どちらの仮名遣いを選んでもよいのですが、実作の歌には時々これら二つの仮名遣いの混用が見られることがあります。これは作品の傷とも言えることですので注意しなければなりません。

（原作）居場所なく繋がりも無くて老いてゆく都会に増え行く一人暮らしが

（添削）居場所なく繋がりも無く老いゆくか都会に一人暮らしが増えて

原作「無くて老いて」の助詞「て」の重なり、「老いてゆく」「増え行く」の動詞「ゆく」の重なりはそう目立つものではありませんが、一応注意して添削しました。
「老い」を「老ひ」と書いた歌を見ることがあります。「老い」は歴史的仮名遣いでも「老い」となります。誤りやすい仮名遣いのひとつです。

（原作）さっと掃く瞬の間蟻が目に入りて心動けど箒止まらじ
（添削）さっと掃く瞬の間のこと動く蟻が目に入りたれど箒止まらず

箒を使っていた時の一瞬の出来事ですが、素材を大切に掬いあげています。初句から結句まで切れるところが無く下へ下へと続く作り方になっているために、一首がやや説明的な感じになっていると思います。添削例は「瞬の間のこと」で切れるようにして、調子に余裕をもたせたものです。結句「止まらじ」の助動詞「じ」は「ないだろう」「ないつもりだ」の意となりますので、この場合は普通の打消「ず」となります。

（原作）わが庭の花水木白く位置を占む内なる光を発するごとく
（添削）わが庭に咲く花水木の花白し内なる光を発するごとく

三句「位置を占む」は捨てがたい言葉ですが、この歌の大切なところは花水木の花の白さを述べることですので、敢えて削除しました。「花白し内なる光を」と続くと花の白さが強調されるかと思います。

（原作）雨風に通し矢となる夏燕田畑の上をいくたびも飛ぶ
（添削）雨の日も通し矢となり夏燕わが眼前をいくたびも飛ぶ

通し矢とは遠くの的を射る矢。この歌では燕の飛ぶさまの比喩として用いて的確です。初句「雨風に」は「雨風を突いて」ということでしょうが、やや一般的な感じですので少し限定し「雨の日も」としてみました。同様のことが「田畑の上を」にも言えるかと思います。燕が素早く過ぎるさまを思いみて「わが眼前を」としました。自身に引きつけて範囲を絞り限定すると具体としての強さが出てくると思われます。

（原作）わが庭のわづかばかりのふきのたう幼児期からのならひあじはう
（添削）わが庭のわづかばかりのふきのたう幼児期のごと摘みたりひとつ

この歌からは歴史的仮名遣いの歌です。原作の「わづか」「ふきのたう」「ならひ」は歴史的仮名遣いで書かれています。ですから「あじはう」も「あぢはふ」でなければなりません。現代仮名遣いに慣れている私たちはついそれに引っ張られてしまうようです。「ならひあじはう」は「同じように味わった」ということでしょうか。その点が不明でしたので、添削例の下の句は原作とは異なる内容となってしまいました。

（原作）葉桜の並木が囲める工場は大なるものに買はれしその後
（添削）葉桜の並木が囲む工場は大き資本にその後買はれぬ

葉桜の並木に囲まれた工場のあたりを作者はよく歩いていたのでしょうか。並木にも工場にも親しんでいたのかもしれません。「大なるもの」とは大きな力をもつ他の企業でしょうか。添削例の「大き資本」はまだ他に考えられるでしょう。少し寂しげな心情のあらわれている歌です。「買はれぬ」は歴史的仮名遣い。

（原作）進歩せる電子カメラを構へるも一瞬考へチャンスを逃す

（添削）進歩せる電子カメラを構ふるも瞬時ためらひチャンスを逃す

カメラ愛好家の作者かと思います。「構へるも」は口語で「構ふるも」は文語の表現です。どちらを選ぶかは作者しだいです。歴史的仮名遣いだから文語表現がよいとか、そうすべきだというようなことは全くありません。それらは切り離して考えてよいと思います。現代の歌人たちも、その点はとらわれずに文語と口語、仮名遣いの選択をしています。

（原作）よみがへる命なりけり合歓の花ピンクのまつ毛またたくはいつ

（添削）よみがへる命なりけりくれなゐの合歓のまつ毛のまたたくはいつ

「合歓の花ピンクのまつ毛」を「くれなゐの合歓のまつ毛の」と添削しました。ピンクという語は日常たいへん多く使われています。もともと石竹（せきちく・なでしこ）を指した語がその花の色を言い、桃色とも言うようになったようですが、現代は圧倒的にピンクが浸透しています。

このような語はそのまま歌に取り込むと、歌が軽くなりがちです。その点を避けて「くれなゐ」としましたが、「くれなゐ」では色が濃すぎると思う人もいるかもしれません。難しいところです。合歓の花を見て思いをめぐらし心を浮きたたせている感じで、情感のある歌です。作者は八十歳の女性。

（原作）ゆっくりと考へてみよう仏前に坐して思える米寿のわれは
（添削）ゆっくりと考へてみよう仏前に来て坐りたり米寿のわれは

原作「考へて」とありますから「思える」は「思へる」とします。「みよう」は歴史的仮名遣いの正しい使い方です。「考へてみよう」と言い、「坐して思へる」と言う二つの重なりが少し煩わしいと思います。「考ふ」と「思ふ」を分けて使っているのでしょうか。
添削例は「思ふ」の方を削除して、意味が通りやすいように単純な形にしました。仏前に坐すと気持が落着くのでしょうか。結句「米寿のわれは」が効果的に据えられています。

（原作）わが願ひ入れて夫が植へし花スズラン咲きてはつなつは来る
（添削）わが願ひ入れて夫が植ゑし花スズラン咲きてはつなつとなる

「植へし」は「植ゑし」が歴史的仮名遣いの正しい使い方。「ゑ」はワ行「わ・ゐ・う・ゑ・を」の音の中にあります。終止形は「植う」であり、「植ゑ」「植ゑ」「植う」「植うる」「植うれ」「植ゑよ」と活用します。この活用をワ行下二段活用と言いますが、この活用の語は「植う」「飢《う》う」「据《す》う」の三語しかありません。この三語を使う時には「ゑ」となることを覚えておくとよいでしょう。

古典文法の勉強のようなことになりましたが、忘れた時にはそのつど辞典で確かめればよいことです。この歌はすがすがしい思いのあるよい歌です。

（原作）ある朝を篝火花はたほれをり花に別れの言葉はなくて
（添削）ある朝を篝火花はたふれたり別れの言葉花はもたずも

篝火花はシクラメン。大切に育てていた花がその時期を終えて茎が伏していたのでしょうか。「ありがとう」とでも言ってほしいような作者の気持でしょう。「別れの言葉花はもたずも」の方がより分かりやすいかと思います。「倒る」の仮名遣いは「たふる」。

第七章　見ることの大切さ

歌は日常の中から素材を得て作られていることが多いのですが、その素材の扱い方に、ものの見方の確かさや新鮮さを感じて驚かされることがあります。

秋分の日の電車にて床《ゆか》にさす光もともに運ばれて行く　佐藤佐太郎

茶の粉の青微かにて不可思議の耀ひに充つ茶筒のうちは　田谷　鋭

電車の床にさす光は誰もが見ているのですが、その光を「ともに運ばれて行く」ように見ていることにひとつの発見があります。

また、茶の粉が少し残っている茶筒の中の様子などは、あまり気にも留めない人が多いでしょう。「不可思議の耀ひ」の表現に共感します。

「見る」ということは、自分の心をはたらかせて自分らしく見るということなのでしょう。それは決して簡単ではないと思いますが、長い間の修練によって少しずつ身につけていくことは可能だと思います。

（原作）冬ざれの囲いの中に咲き初むる人待つ如く椿一輪
（添削）冬ざれの囲いの中に咲き初めて人待つ如し椿一輪

作者は、おそらく「咲き初むる」でひとまず切るつもりで作っているように思われます。しかし言葉の上では「咲き初むる人」のように、「咲き初むる」が人を修飾するような使われ方になっています。ここを仮に「咲き初めぬ」など、はっきりと切るようにして一首を作る方法もあるかと思います。

しかし添削例は三句で切らずに、四句「人待つ如し」で切る作り方をしました。結句「椿一輪」が独立して、強く打ち出される効果があるのではないでしょうか。

添削の箇所は「初むる」を「初めて」と、「如く」を「如し」の小さなところですが、一首としての整い方はずいぶん違うように思われます。

（原作）娘とふたり生きこ《こ》し町よ生垣を曲れば遠つ夕茜雲
（添削）娘とふたり生きこし町よ生垣を曲れば遠く夕茜雲

夕茜雲を美しいと思ってただ見るだけでなく、心に深く受け止めている感じがあって落ち着いた良い歌になっています。

「遠つ夕茜雲」を「遠く夕茜雲」と添削しました。「つ」は古く使われた助詞で、現代語の「の」に当たる言葉です。例えば「天つ神」「沖つ白波」「遠つ国」「遠つ人」などです。ですから原作の「遠つ夕茜雲」はこれでも良いのですが、やや堅苦しい感じがないでしょうか。「娘とふたり生きこし町よ」とゆったりと詠みすすめてきておりますから、ここは普通に「遠く」と据えていいところです。

（原作）車よせ無人の花舗に求めたり藍色ふかきりんだう一束

（添削）車よせ無人の花舗に求めたりりんだう一束藍色ふかき

無人の販売所が道端にあったので、車を止めてりんどう一束を買った。そのりんどうの藍色が美しかったという歌です。

原作の下の句「藍色ふかきりんだう一束」を添削例は「りんだう一束藍色ふかき」と七七を逆にしています。「りんどう一束」で終るのと「藍色ふかき」で終るのでは、一首の述べようとする中心がかなり違ってきます。

「りんどう一束」は説明的ですが、「藍色ふかき」は作者の感情が添ってくると思われます。美しいと見たその時の実感を一首に留めることが大切です。

（原作）さつき果て薔薇咲き初めし苑《その》ゆくに一輪車の童女《こ》両手挙げ来る

（添削）薔薇咲きてあかるくなりし苑ゆくに一輪車の童女両手挙げ来る

薔薇の咲きはじめた苑と一輪車の童女。作者も愉快な思いになったことでしょう。原作の初句「さつき果て」は季節の推移を述べた言葉ですが、ここを省略したのが添削例です。一輪車の童女の楽しげな様子を中心とする歌ですから、「さつき果て」と詠みはじめるのはやや遠回りの感じで一首の調子を緩慢にしてしまいます。

（原作）雪のごとジャスミン咲く生垣に触れずに歩く足悪き妻

（添削）雪のごとジャスミンの咲く生垣に触れずに歩く足悪き妻

ジャスミンは低木またはつる性の植物。この歌ではどちらかは分かりませんが、生垣につる性のジャスミンが這い出して花を咲かせているのかもしれません。

「雪のごと」という比喩は平凡なものになりやすいのですが、ここではジャスミンの白さを喩えて適切です。生垣の上に雪のように白かったのでしょう。作者は思わず手を差し伸べたのだと思います。

「触れずに歩く足悪き妻」がしっかり据えられています。妻は歩くことの方に心が向いているようにも思われます。

「ジャスミン咲く」を「ジャスミンの咲く」と添削し調子を整えました。良い歌です。

（原作）庭隅にかたまりて咲くサフランをおどかす如く霜柱立つ

（添削）庭隅にかたまりて咲くサフランのかたへするどく霜柱立つ

対象をしっかり捉えている歌です。サフランと霜柱という素材が新鮮です。

思わぬ霜柱に作者は驚いたに違いありません。その気持が「おどかす如く」という原作の表現になったのでしょう。霜柱がサフランをおどかすという表現は比喩ですが、擬人法と呼ばれる修辞法で、歌の上で使いこなすのはなかなか厄介です。添削例はそこを避けて、ただその場の状況に向き合おうとしたものです。

（原作）人声にある年齢《とし》などをさぐりつつ昼の電車にめつむりてゐる

（添削）人の声聞きて年齢をさぐりつつ昼の電車にめつむりてゐる

この歌は何かを見るという歌ではありませんが、「聞くこと」つまり耳のはたらきが「見ること」の代用をしています。人の声は年齢とともに変化します。若者は若者の声、老人は老人の声をしています。作者は車中で目をつむったまま、それを聞き分けその人を思いみています。

原作の「人声にある年齢《とし》」という表現はやや苦しいので添削例は「人の声聞きて」とごく一般的な表現にしました。一首の詠みはじめはその歌の入口、誘導ですからできるだけ普通の抵抗のない表現がよいのでしょう。すべての歌がそうであるべきだというのではありません。初句が工夫されている歌のあることはもちろんです。

（原作）紅白のしぼり花咲く椿が枝に何鳥か来て蜜を吸いおり

（添削）紅白のしぼりの椿咲きたれば何鳥か来て蜜を吸いおり

対象をよく見ている歌です。日本画にでもありそうな素材の把握のしかたです。

原作の「しぼり花咲く椿が枝に」は言葉が詰まって苦しい感じがあります。対象をよく見ることは大切ですが、見たものをことごとく詠むことは不可能です。見たものの中から肝心なところを採りあげて、他は省略することが基本の態度となります。

（原作）コスモスの種とりながら指先にすいすいとのる蜻蛉いとしむ

（添削）コスモスの種をとりゐる指先にすいすいと来て止まれる蜻蛉

秋も終りの頃でしょうか。蜻蛉の来て止まる静かで優しげな様子が詠まれています。

原作は調子よく整った作り方で、これで出来上がっている歌と言ってもいいと思います。しかし、強いて問題点を挙げるなら、この歌の言葉の配列がやや文章調であることかと思います。

それは、二句「種とりながら」が結句「蜻蛉いとしむ」に掛かってゆく形からくるのではないでしょうか。添削例はその形を無くするために「いとしむ」を削除しました。

（原作）わだかまり解けざるままに座してをり芝生に蜻蛉目を追ふ午後を

（添削）わだかまり解けざるままに座してをりひかる蜻蛉を目に追ひながら

何かの思いに没頭しながらも目は何かを追っている。そういうことはよくあることです。思いのよく解る原作ですが、下の句「芝生に蜻蛉目を追ふ午後を」に少し言葉のばらつきがあると思います。

「芝生に」は例えば「芝生に座してをり」とか、「芝生にひかる蜻蛉」とか、取り込みたい言葉ですが、そうすると大きく作り替えなければなりません。ここでは上の句をそのままにして下の句を明解な形にしてみました。

（原作）蕎麦の花白く揺れゐる山畑に雄鶏思ひ切り首あげ鳴きたり

（添削）蕎麦の花白く揺れゐる山畑に首たかくあげ雄鶏鳴けり

放し飼いの鶏でしょうか。蕎麦の花の中で首をあげて鳴いたというなかなか見られないことを、作者はしっかりと見て詠んでいます。

原作の下の句「雄鶏思ひ切り首あげ鳴きたり」は四句と結句ともに字余りで、やや苦しい調子となっています。せめてどちらか一方の句が七音になるように工夫してもよいでしょう。生き生きとして気持のよい歌です。

第八章　思いみることの大切さ

前章では「見ることの大切さ」というタイトルでしたが、今回はそれに「思い」のついた「思いみる」ということに注意を向けてみたいと思います。

カラスには「ん」という音は出せなくて朝《あした》の空を啼きわたりゆく　吉川宏志

みちのくの山は車窓につらなりてこの夕暮れの緑をはこぶ　同

作者の見ているものは、朝の空を啼きながら飛んでいくカラスであり、車窓につらなっているみちのくの山です。しかしこれらの歌は、実際に目の前に見ているものよりも、それによって引き起された心のはたらきの方が歌の前面に出て、読者を引きつけるものとなっています。

ああ、カラスには「ん」という音は出せないのだとか、みちのくを走るこの列車は夕暮れどきの緑をどこまでも運んでいるぞ、というような心のはたらきを中心として詠んでいるということです。

「見ること」も大切ですが、「自分はどう思ったのか」ということも大切で、現代の短歌ではこの独自性が強く打ち出されてきています。

（原作）耳の辺に髪のほぐるる気配あり優しき気持ちもちてまどろむ
（添削）耳の辺に髪のほぐるる気配あり優しき気持ちとなりてまどろむ

上の句でことがらを述べ、下の句はそれによって引き起された感情を述べています。「気配あり」で切れる三句切れの作り方で、整った歌となっています。

「優しき気持ちもちて」は言葉の音が重なりますので「優しき気持ちとなりて」としました。四句「優しき気持ちと」は字余りですが気にならないと思います。女性らしい感覚がよく出ている歌です。

（原作）顔も声も読みとりてゐるパソコンに蔑されてをり我の誤操作
（添削）顔も声も読みとりてゐるパソコンに蔑されをらん我の誤操作

「蔑《なみ》する」は「ないがしろにする。軽んじる」の意。誤操作ばかりする自分をパソコンはきっと軽くあしらっていることだろうと、ひそかに思ったのでしょう。蔑されていると は言え、明るく楽しげです。

原作の二句「読みとりてゐる」と四句「蔑されてをり」は「ゐる」と「をり」同類の動詞が似た形で重なっています。そこで四句の方は少し変化させて「をらん」と推量の形にしてみました。

（原作）意地のみが先行しゆくわれならんゆずり葉の木実の熟しおり
（添削）意地のみが先行しゆくわれならんゆずりはの木は実の熟しおり

「ゆずりは」は漢字では「譲葉」ですがやや読みにくいので、作者は「ゆずり葉」としたと思います。ここは平仮名で書いて不自然ではありません。新しい葉が生長してから古い葉が譲って落ちるので、この名があるようです。

この歌をよく読みますと、意地を通しがちな自分とゆずりはの木を対比させて考えていることが分かります。実の熟しているゆずりはを見て自分を深く省みる作者です。

（原作）カラスとて晴れぱれと鳴くこともある青田吹く風まともに受けて
（添削）カラスとて晴ればれと鳴くこともあり青田吹く風まともに受けて

口語調で詠まれた気持よい歌です。このままで立派に出来上がっているのですが、比較するために三句末尾の「ある」を「あり」と改めてみました。

口語「ある」は力強い感じで生き生きとしています。それに対して文語「あり」は落着いた感じをもっています。どちらを選択するかは時々によって違ってくるでしょうが、一応心に留めておくことかと思います。

（原作）山水画と言おうか都のビルディングそびえて川船小さくゆけり
（添削）山水画をわれは思ひぬビルディングそびえて川船小さくゆけり

目の前の風景を見て何を自分は感じたか。それが明確に詠まれています。川の向うにビルが立ち並び、手前の川を行く船がいかにも小さく見えている風景を、まるで山水画のようだと思ったのです。何か微笑《ほほえ》ましく楽しい見方です。

原作の二句「言おうか都の」を「われは思ひぬ」に改めました。初句「山水画と」が字余りですので、その続きとしての二句は字余りでない落着いた表現にしました。

（原作）歳のせいか無闇に涙脆くなり映画館には一人で行けり

（添削）映画館に一人行くなり涙脆くわがなりたるは齢《よわい》のせいか

映画を観て涙を流すことと自分の年齢を考えている歌で、共感するものがあります。原作と添削例を比較していただくと分かりますが、原作の上の句と下の句を入れ替えるようにしているのが添削例です。さらに、添削例は二句切れにして「映画館に一人行くなり」を最初に述べて独立させています。句切れの無い原作に比べ、「齢《よわい》のせいか」と終る添削例の方が情感が出ているように思われます。

（原作）加齢ゆえ未知への扉閉じしまま命の涯へ籠りて行くか

（添削）未来への扉を閉ずるごとくにも日々を籠るか齢《とし》加えつつ

未知のことがまだいろいろあるのにそれを解明しようとせず日々籠る自分を嘆いている歌かと思います。

「加齢ゆえ」と詠みはじめた初句が一首の上に伸《の》しかかって重く、かつこの歌を理屈めいた感じにしていないでしょうか。「加齢」「未知への扉」「命の涯」はみな重苦しく硬い言葉ですので、添削例は平易になるように心がけてみました。重い言葉は一首の中にひとつあるぐらいでよいのだと思います。

（原作）腐葉土の布団にくるまれ目覚めたる行者ニンニク庭一面に
（添削）腐葉土の布団もちあげ目覚めたる庭一面のギョウジャニンニク

雪解けの後にはこのようなこともあるのでしょう。北海道在住の作者です。ギョウジャニンニクは「広辞苑」では「行者葫」という漢字をあてています。植物名は漢字でも片仮名でも、あるいは平仮名でも統一して使うのがよいでしょう。

「腐葉土の」ではじまり「ギョウジャニンニク」で終る形があまりにも一本調子のように思われるようでしたら、途中の三句を「目覚めたり」と切る方法も考えられます。

（原作）意地を張るわれの誤り見つめいる素直とう性がわれを黙しむ
（添削）意地を張るわれを沈黙させたるはわれにそなわる素直さの性

自分を外側から見つめています。意地を張る自分と、いやいやそれはいけないと宥《なだ》めている自分がいて、その結果自分は沈黙することになるという内容です。
「黙す」は「もくす」あるいは「もだす」と読み、基本的にはサ行変格活用の動詞です。しかし「もだす」は四段活用としての使い方もされているようです。ですから助動詞「しむ」を接続させるには「黙せしむ」あるいは「黙さしむ」となるのですが、扱いにくい感じがします。添削例は単純に「沈黙させ」としてみました。原作は言葉が混み合っていますので、意味の通りやすい語順にしました。

（原作）立山をバックに座る絶景に女将《おかみ》にぎりしむすびが旨い
（添削）立山を背景に座しいただけり女将の握りくれしおむすび

雄大な風景に浸りながら心づくしのおにぎりを食べた感動が詠まれています。作者にとって心満たされるひとときです。ただ問題点は、常套的な感じの「絶景に」や感覚の直接の表現「旨い」の言葉が歌を落着かないものにしていることかと思います。「立山を背景に」とか「女将の握りくれし」というだけで作者の思いは伝わります。全《すべ》てを述べ切ってしまわないことが短歌のみならず他の韻文においても肝要です。

(原作)　日の香りいとしむ母は梅雨晴れの温みのこれるシーツを畳む
(添削)　日の匂ひを母はいとしみ梅雨晴れの温みのこれるシーツを畳む

「香り」を「匂ひ」に改め、「いとしむ母は」を「母はいとしみ」と語順を替えて下に接続させせました。「いとしむ」は連体形で母を修飾する使い方ですが、「いとしみ」は連用形で「畳む」を修飾することになります。この使い分けは微妙なところですが、一首の構成という点で大事なことかと思われます。

(原作)　丈高き去年の草分け今年草追ひつき追ひ越し電線に対く
(添削)　丈高き去年の草を追ひ越して今年の草は電線に対く

畑のあたりか家のめぐりか、いつも目にしている草の様子を詠んでいます。今年の草の勢いに驚かされ、そのまま歌にしたような感じがします。「去年の草」と並べるには「今年の草」と表現するのがよいでしょう。動詞の多い歌なのでかなり省きました。

第九章　慣用句を避ける

宮柊二に『短歌実作入門』という書がありますが、その中に次のような添削例と解説の文があります。

（原）工事場に砂利運び居る人夫等の中にまじれる少年一人

（添）工事場に砂利運び居る人夫等にまじれる一人の少年人夫

「少年一人」だけではどういう少年なのかわからない。つまり作者の感銘の焦点が浮かんでこない。

宮柊二がここで述べているのは、作者がことがらに触れて兆した感銘を、歌は逸らさずに伝えていなければいけないということです。

大人の人夫にまじって働いている一人の少年を見た作者の感情が、「少年一人」だけでは充分に表現されていないことを指摘しています。添削の「少年人夫」は、その少年が人夫であることを確認している表現となります。

「少年一人」という表現は結句としての収まりもよく何気無く使ってしまうのですが、このようなよく見られる表現こそ注意すべきことです。

（原作）　芸術を言葉で語る愚かさをダヴィンチ、ラファエロ教えてくれる

（添削）　芸術は言葉で語るものならずダヴィンチ、ラファエロは教えてくれる

芸術作品は言葉ではなかなか説明できないことを詠んだ歌です。「すぐれた芸術作品を言葉で説明するなど愚かなことだ」というような言い方は、日常よく耳にします。原作はそのとおりの言葉を使って詠まれていますが、ここは少し抑制した方がよさそうです。

添削例は「愚かさを」を使わない方法を考えたものです。歌は日常の慣用表現から少し退いて作るのがよいということです。

（原作）　山すそに清らなる水流れゐて水芭蕉の花の群落すがし

（添削）　山すそに清らなる水流れゐて水芭蕉の花の群落が占む

早春の水芭蕉の群落に出合った感動を結句に据えて「群落すがし」と表現しています。

しかし、この表現もよく目にする一般的なもので、通り一遍の感じをともないます。そこを避ける工夫が必要で、添削例は「群落が占む」としましたが、他にいろいろ考えられそうです。手元の古語辞典を見ますと、「すがすがし（清清し）」の語はありますが、「すがし」は出ていません。現代の私たちは「すがすがし」を単に「すがし」として使っているようです。辞典に無いから使ってはいけないとは言えないと思います。

（原作）売られゆく牛のとなりに山羊一匹わきめもふらず春の草食む
（添削）売られゆく牛のとなりに山羊のゐてひたすらに春の草食むばかり

場の状況がよくとらえられ、作者の心情も背後に感じられる歌です。「わきめもふらず」はよく分かる言葉ですが、このように歌の中で使いますとあまりに生《なま》な感じがします。日常の言葉がそのまま取り込まれているということでしょうか、ここは工夫して表現すべきところです。

（原作）南瓜種パチッと割つて食べながら歌詠む内容あれこれ探す
（添削）南瓜の種パチッと割つて食べながら歌を思ひてとりとめもなし

日常のある時に、このようなことはよくあるものです。歌を作ろうとして心がまだ定まらない時の様子がうかがわれます。前の歌で「わきめもふらず」に注意しましたが、この歌の「あれこれ探す」も同じことが言えます。日常ごく当り前に使われている言葉づかい（慣用句）は、歌の中で生き生きとしたものになり難いということかと思います。言葉を新鮮に使う工夫は、短歌に限らず韻文の基本と言っていいでしょう。

（原作）いつの間にあまた集まる田の蛙鳴きてかしまし夜の婚活
（添削）いつの間にあまた集まりたるものか雌《め》のこゑ雄《を》のこゑ夜の田蛙《たかはづ》

田に水を入れるとその日から蛙の声が盛んに聞かれます。ほんとうに「いつの間にあまた集まる」という感じです。この歌はその賑わいの様子をユーモラスに表現しています。しかし、「かしまし夜の婚活」はやはり落着かない表現です。日常生活の会話などでは弾んで使われている言葉でも、歌の中では必ずしも生きて働くとは限りません。それは短歌が長く文語とかかわって続いて来たことと関係することでしょう。短歌の新しさを求めて私たちは歌を作っているのですが、どのような歌が新しい歌かということは常に考えていなければいけないことは言うまでもありません。

（原作）カーテンの隙間より日が射しはじめこの時君は父親となった
（添削）カーテンの隙間より日の射しはじめたる時君は父親となる

出産の場か、それを待って近くの部屋に居る作者ではないでしょうか。生まれた子よりもその父親となった人へ寄せる思いが詠まれています。原作の結句「父親となった」は過去形の表現ですが、添削例は現在形の表現です。父親となったことは直前の過去でも、その場のこととしては「父親となる」と表現して構いません。むしろその方が普通の表現です。「射しはじめたる時」の上句から下句へと移る続き方は、句を跨《また》がった言葉の使い方になっています。

（原作）オレンジの街灯滲む高速道《こうそく》を午前零時のバスが下りくる

（添削）灯の滲む高速道の出口より午前零時のバスが下りくる

作者が見ているのはどういう場所なのか。「オレンジの街灯滲む高速道」はやや漠然とした把握の表現です。添削例はその場所を限定してみたものです。バスが下りて来たのは高速道の出口ではなかろうかと思ったからです。

高速道から逸れて一台下りてくる深夜のバスに、作者は寂しさのような感情を抱いたのではないでしょうか。「滲む」「午前零時」の言葉に作者の心情が感じられます。

（原作）開け閉めを静かに出でて散歩する今朝の靴の音湿りを持てる

（添削）朝まだき静かに出でて散歩する今日の靴音湿りを持てる

いつも早朝の散歩をしている作者。「開け閉めを静かに出でて」は、まだ寝ている人を気遣う自身の行為を述べているのですが、表現が不十分かと思われます。初句はいろいろ考えられると思いますが無難に「朝まだき」とし、四句「今朝の靴の音」を「今日の靴音」として「朝」の重複を避けました。その朝の路の湿りを靴音から感じ取っている繊細さに緊張感もあって、よい歌になっていると思います。

（原作）笑まふがに大輪のばら開きたり我が顔をよせ花と語らふ

（添削）笑まふがに大輪のばら開きたり顔ちかづけて花と語らふ

わが家のバラが花を咲かせたのでしょう。喜びが素直に表現されていると思います。四句「我が顔をよせ」の「我が」を削除するように作り替えました。「我が」の二音は使いやすいので、調子を合わせるためについ取り込んでしまいがちです。言わずもがなの「我が」に注意すべきです。

（原作）朝食は自家製のパンと生野菜ジャムはハスカップ妻とつみにし

（添削）朝食は自家製パンと生野菜ジャムはハスカップ妻とつみしもの

豊かな朝の食卓です。自家製パンだけでも贅沢ですが、ジャムも妻と摘んだハスカップで作ったものと言いますからこの上のことはありません。

結句は、字余りでも「妻とつみしもの」の方が明確な述べ方になって落着くと思います。

（原作）震災の惨《さん》を超えむと太鼓うつ児らの法被に汗滲みゐむ

（添削）震災の惨を超えむと太鼓うつ児らは法被に汗を滲ます

原作「児らの法被に汗滲みゐむ」は推量の表現です。「汗が滲んでいることだろう」と作者が推量するのは、児らのひたすらな所作を見ているからでしょう。あるいは顔をつたう汗などまで見ているかもしれません。しかし、そういう具体を飛び越えた「法被に汗滲みゐむ」の表現は、やや弱いような感じがします。

添削例は原作とは違う内容になりましたが、このように断定して作ることがあってもよいと思います。

（原作）朝昼の蟬のしぐれも消え果ててしじま破るはただ虫の音

（添削）朝に昼に鳴きたる蟬の声消えししじけさに充ちてひびく虫の音《ね》

蟬の声が消えて静かになったと思ったら今度は虫が強く鳴きはじめたという季節の推移を詠んでいます。「蟬のしぐれ」「しじま破る」の慣用句を避けることを第一に考えて添削しましたが、大きく作り替えることになりました。一例としてご参照ください。

第十章　比喩を上手に

比喩にはいくつかの種類がありますが、差しあたり知っておくべきこととして直喩《ちょくゆ》と隠喩《いんゆ》があります。

直喩は、「の如く」「のように」などを用いて、あるものを別のものに喩える技法です。「雨は納豆の糸の如く細かった」は、雨と納豆の糸を「の如く」を用いて結びつけています。これが比喩として最も明確な直喩という技法です。

これに対し隠喩（暗喩ともいう）は、「の如く」「のように」などを用いずに、喩えるものと喩えられるものを直接結びつける技法です。「雨は納豆の糸だ」は、「の如く」「のように」を用いずに二つを結びつけた比喩表現です。直喩に比べるとやや解りにくいかもしれませんが、表現としての強さをもっています。

いづこにも貧しき路がよこたはり神のあそびのごとく白梅　　玉城　徹
まだ暗き暁まへをあさがほはしづかに紺の泉を展く　　小島ゆかり

前の歌は「のごとく」を用いて「神のあそび」と「白梅」を結びつけている直喩の表現技法によっています。後の歌は「のごとく」「のように」などは用いずに「あさがほ」と「紺の泉」を結びつけています。隠喩の表現技法です。

（原作）秋のかぜ呼びこむごとししやらしやらと乾きし葉音たつるポプラは
（添削）しやらしやらと乾く葉音の賑はしくポプラは秋の風を呼びこむ

ポプラの乾いた葉の「しやらしやら」という音に実感があり、秋の季節感が爽やかに表現されています。

「秋のかぜ呼びこむごとし」は直喩表現ですが、この「ごとし」はどうでしょう。あまり効果のない使い方のように思われますので、添削例では削除しました。「風を呼びこむ」で十分だろうと思ったからです。「ごとし」はしばしば安易に用いられるということでもあるでしょう。

（原作）満月は移り行く景色に浮き沈み車内の私を見守る如し
（添削）移り行く景色の上の満月は車内のわれを見守りてゐる

車窓から満月を見ている歌です。どこまでも自分について来るように進んでいる月を見て「私を見守る如し」と思ったのでしょう。しかし、表現として「見守る如し」は少し平凡なのではないでしょうか。「見守っているぞ」と断定的に表現した方が、その時の自身の気持ちに近いのではないかと思います。この歌も「如し」を削除した添削例となりました。

（原作）舞う揚羽流れるように走る蟻きんかんの木は孤独にあらず
（添削）舞う揚羽流れるように走る蟻きんかんの木は喜ぶらんか

きんかんの木に来ている揚羽蝶を見たり、その幹を行き来している蟻を見たりしている作者。蟻のうごきを「流れるように」と表現しています。おそらく多くの蟻が上り下りしていたのでしょう。実感のある比喩です。

結句「孤独にあらず」は少し唐突でしょうか。きんかんの木に寄せる作者の暖かい思いは「喜ぶらんか」ぐらいで十分出ていると思われます。

（原作）宮杜《もり》の中は鳥語で秋祭人はいつしか「結《ゆい》」忘れしに

（添削）宮杜は鳥語にぎはふ秋祭人はいつしか「結《ゆい》」忘れしに

「結」は田植などの時に互いに力を貸し合うこと。労力を出し合うこと。神社の森で鳥が鳴き交わしているのを聴いた作者は、まるで秋祭をしているようだと思い「鳥語で秋祭」と表現しました。比喩表現です。その楽しげな賑わいは作者に現代社会の寂しい様相を思わせることになりますが、その連想に無理がありません。初句から二句「宮杜の中は」の「中」は省いてよい言葉です。

（原作）まずもってこの手が嘘をつきはじめあなたとの距離しだいに広がる

（添削）まずもってこの手が嘘をつきはじめ広がりゆくかあなたとの距離

例えば相手の誰かと握手をしたとしましょう。「いやあ、楽しかったよ。また会いましょう」と言いながらも、心の中ではそれほどにも思っていない場合などは、それが握手する手の具合にまずもって表れるかもしれません。自分の行為を通して自分の心情を確認するということもあると思います。

原作の具体的なことがらは分かりませんが、いろいろの場面を想像することができます。下句「あなたとの距離しだいに広がる」は散文調ですので、調子を整えるため「広がりゆくかあなたとの距離」としました。「しだいに広がる」の字余りも解消されています。

（原作）耳許に空腹のサイン聞こえくる若き歯科助手に昼はもふすぐ

（添削）空腹のサイン耳許ちかく聞く若き歯科助手よ昼はもうすぐ

「空腹のサイン」は空腹時の腹の音。歯科の治療台に仰向けになっている作者なので、歯科助手の腹の音をすぐ近くに聞いたのでしょう。珍しい素材です。作者は愉快になったのではないでしょうか。

原作の「聞こえくる」は少しのんびりとしていますので、引き締めて「ちかく聞く」としました。また「歯科助手に」を「歯科助手よ」と助詞を改めました。「歯科助手さんよ、昼はもうすぐですからね」というような親愛の気持がある方がよいのではないでしょうか。「もうすぐ」の「もう」は歴史的かなづかいも「もう」となります。

（原作）テーブルの下で静かに組み替えた足の幾たび　再会約す

（添削）テーブルの下で静かに組み替えし足の幾たび　再会約す

友との親密な語らいと作者の心情がよく表れている歌です。「テーブルの下で何度か足を組み替える」というさりげない具体を取りあげていることが、この歌を確かなものにしています。「組み替えた」を「組み替えし」の文語表現に改めました。「足の幾たび」に続くにはこの方が落着くかと思います。助動詞の「し」（終止形は「き」）は、過去の事実で今は存在しないことを言うのが第一の用い方ですが、「咲きし桜を見わたせば」のように、そのことが完了してもその結果が今に続いていることを言うこともあります。つまり、過去、現在という時間の上ではかなり広く用いられていたようです。

（原作）ヘルメット脱げば茶髪の乙女にて嵩上げ工事にダンプ動かす

（添削）ヘルメット脱げば茶髪の乙女なり嵩上げ工事にダンプ動かす

明解な歌で表現もしっかりしています。三句「乙女にて」を「乙女なり」とし、そこで切れる三句切れの歌にしました。作者の感動は、ヘルメットを脱いだ乙女が茶髪の現代風な乙女であったということにあったと思われます。「茶髪の乙女にて」は説明の表現で、感動の表出にはなっていないと思われますので、幾分でも驚きの心情をこめて「茶髪の乙女なり」と断定の表現にしてみました。

(原作)　サッカーの試合に勝ちしか子供らが夕焼けの道歌いつつ行く
(添削)　サッカーの試合に勝ちし子供らが歌いつつ行く夕焼けの道

童謡のおもむきをもつ歌です。

石崖に子ども七人腰かけて河豚《ふぐ》を釣り居り夕焼小焼　北原白秋

この歌も子供と夕焼けが調和するように取り込まれています。私たちのもつ懐かしさの情趣の一つの型のようなものかと思います。原作の二句「試合に勝ちしか」を「試合に勝ちし」と添削しました。子供たちの様子から勝ったことが推察されますので、このような場合には「勝ちし」と述べていいでしょう。

（原作）雑紙《ざつがみ》に火の付きしごと話しだす今がチャンスと向き合う同志

（添削）紙に火の付きたるごとく話しだす今ぞとばかり向き合う二人

「同志」は同じ意見や理想などをもつ人。普通の仲間、つれなどの場合は「同士」となります。原作は「同志」ですが、どういう同志か明確でないように思いましたので単に「二人」としました。仲のよい二人なのか、それとも険悪な間柄の二人なのか。何か少しでも手がかりの欲しい気がします。「雑紙に火の付きしごと」は直喩ですが、この比喩は効果的です。「紙に」で十分だろうと思います。

（原作）ふと風の止みて安らぎ満ちきたる茜の空に神いますごと

（添削）ふと風の止みて安らぎ満ちきたる茜の空は神いますごと

三句で切らずに「満ちきたる茜の空」と続く作り方をしています。句切れのない歌です。そうしますと、四句「茜の空に」は「茜の空は」の方が一、二、三句を受け止めてしっかりするのではないでしょうか。「神いますごと」は尊敬の表現ですが、適切な比喩と思われます。

第十一章　初句を慎重に

初句は歌の入り口、家の玄関にあたるところです。厳めしく構えるよりも、親しみがあって入ってみたくなるような構えの方が好まれます。初句に触れて何か心が誘われ、次の句へまた次の句へと引き込まれて読むことになる、そういう初句が望ましい訳です。次の歌を見ておきましょう。

ゆふされば大根の葉にふる時雨いたく寂しく降りにけるかも　斎藤茂吉

あの夏の数かぎりなきそしてまたたつた一つの表情をせよ　小野茂樹

たまかぎる薄き一重のまぶたゆゑちらちらと陽光《ひかげ》宿りやすしも　雨宮雅子

「ゆふされば」は「夕方になると」の意ですが、この初句はどうしても次の句を読みたくなるように作られています。そこで二句「大根の葉に」を読み、また「ふる時雨」を読むというように、次々に引き込まれて読みすすむことになります。その先頭の役割を初句は果たしています。

「あの夏の」という初句についても同様のことが言えます。「あの夏」とはどういう夏なのかということを読む人は知りたいと思うでしょう。慎重で巧みな初句です。「たまかぎる」という初句はどうでしょう。「たまかぎる」は枕詞で「ほのか」「ゆふべ」などにかかる言葉です。この歌では「薄き」をみちびく言葉として使われています。「たまかぎる」の初句だけでは作者が何を言い出すのか分かりません。そこで読者は必然的に次の句を読むことになります。初句に置かれた枕詞は、その歌への緩やかな誘導の役割を果たしていると言えます。

（原作）受験生涙のシロップ入れながら珈琲苦し夜は更けてゆく
（添削）シロップを入れて珈琲なお苦く受験生われの夜は更けゆく

高校生の作者の歌。受験勉強中でしょうか。夜の辛さを詠んでいます。語順など整えたいところのある歌ですが、初句を先ずは改めたいと思います。「受験生」と詠み出していますが、この初句はこの歌をはじめからひとつの枠の中に入れて、以下の展開を窮屈なものにしています。添削例は「受験生」の言葉を下句に置いて、初句が重くならないようにしたものです。

このような初句の置き方は初心者に多く見られます。高校生の作品には、例えば「夏休み」「窓の外」「帰り道」などの名詞を初句に置いたものがしばしば見られます。時や場所をはじめに制限してしまうことになり、歌の伸びやかさを欠くことになりますので注意が必要です。

（原作）初秋刀魚大根おろしをたっぷりとやはりビールで味わうが良し

（添削）初秋刀魚は大根おろしをたっぷりとビールとともに味わうが良し

意味はよく分かり作者の心情も理解できますが、初句から二句への続き方が問題です。「初秋刀魚大根おろし」の部分は名詞が重なっています。この場合は字余りになっても「初秋刀魚は」として、主語を明確にすべきです。その方が歌が伸びやかです。それでもこの初句は先の歌と同じで、「初秋刀魚」が重くのしかかって一首を縛りつけているという問題が残ります。例えば「大根のおろしたっぷり初秋刀魚は……」など、「初秋刀魚」を一首の途中に置く作り方を考えてもよいと思います。

（原作）孫の乗り軋む三輪車押しながら百歳の日の交代約す

（添削）軋ませて孫の漕ぐ三輪車押しながら百歳の日の交代約す

孫の三輪車を押しながら、作者は独り言のように呼び掛ける。「私が百歳になったなら今度はあなたが私の車椅子を押すのですよ」と。孫はどのように返事をしたか分かりませんが、作者は「交代約す」と断定的に表現しています。未来のことを夢のように思う感じがとてもよく出ています。

「孫の乗り軋む三輪車」でも良いのですが、より現実感を強く出したいと思い「軋ませて孫の漕ぐ」としました。

（原作）夜目に白く仄と浮かびし白芙蓉ひるは気づかず通りしものを

（添削）仄かにも夜目に浮かべる白芙蓉ひるは気づかず通りしものを

下句「ひるは気づかず通りしものを」に実感があり、この句が上句をよく支えています。初句から二句「夜目に白く仄と」は言葉が詰まった感じがあり、さらに「白く」は下の「白芙蓉」と重なります。「仄かにも」とゆったりと詠み出した方が、この歌の内容に合っていると思います。

「浮かべる」は今目の前に浮かんでいるということであり、「通りし」は昼に通ったという過去のことになります。

（原作）仁王像会うたび異なる眼差しに裡を見据えられ身構えし我
（添削）会うたびに眼差し異なる仁王像わが裡を確《しか》と見据うるごとく

仁王像の強烈な眼差しに見据えられるときの様子を生き生きと詠んでいます。しかしこの歌は、仁王像のことと自身のことの双方を取り込んだために、やや落着きのない歌になっているようです。添削例は仁王像を中心として詠んでいます。

「仁王像」と初句に独立させて置く作り方も注意が必要でしょう。添削例では三句にこの言葉を置きましたが、この方が収まり方がよいと思います。今回の添削のテーマはこのような初句に目を向けることです。

（原作）松葉蟹かく括られて氷詰めされて届きてなほはさみ上ぐ

（添削）氷詰めされて届きし松葉蟹括られしままなほはさみ上ぐ

この歌も先の「仁王像」の歌と同様のことが言えます。初句の「松葉蟹」が添削例では三句に移っています。すべての歌がこの形になるということではありませんが、主語が三句に置かれていると定型としての安定感が増してくるようです。

（原作）糸繰り機・桑切り庖丁に障《さや》りつつ蚕飼《こが》ひも為しゐし父母《ちちはは》偲ぶ

（添削）糸繰り機・桑切り庖丁に障りつつ偲ぶかな蚕飼ひに励みし父母を

ことがらを具体的に述べていて共感させられる歌です。言葉のはこび方も手堅くてよいのですが、やや説明的な感じであるのが難点かと思います。それは三句「障りつつ」が結句「父母偲ぶ」にかかってゆく間遠の感じによるもので、その散文調が作者の感情を希薄にしてしまったのではないでしょうか。

（原作）海山の中を江ノ電割《さ》いて行くカーブに沿いて狭きを縫いて
（添削）海山の境を江ノ電辿りゆくカーブに沿いて狭きを縫いて

江ノ電の親しげな感じを詠んでいます。この歌では言葉だけを置き換えました。「海山の中を」は少し漠然としていますし、「割いて」は少し強すぎると思ったからです。
原作に三度使われている助詞「て」は添削例では二度になっています。

（原作）夜の闇にまぎれて犬と散歩するわれを見すごす垣の山茶花
（添削）夜の闇にまぎれて犬と散歩するわれを知りゐる垣の山茶花

整った歌で初句の入り方も自然でよいと思います。四句「見すごす」を「知りゐる」と添削しました。夜の闇にまぎれて散歩する作者と犬を、山茶花は夜ごと見て知っているということですが、この方が山茶花に対する思いが出るのではないでしょうか。

（原作）手放しでひ孫の生れしは語るまじいまだ娶らぬ息を持つ友に

（添削）曾孫《ひいまご》の生れたることは語るまじいまだ娶らぬ子を持つ友に

嬉しいけれど調子づいてはいけないぞという思いが詠まれています。初句「手放しで」はどうでしょう。この初句は三句の「語るまじ」にかかる言葉となっています。このあたりの語順を整理する必要がありますが、添削例は「手放しで」を削除しています。この言葉がない方が落着いた歌になると思います。

（原作）「霧晴れて釧路米町仏町」の句に聞けば寺ある仏町

（添削）「霧晴れて釧路米町仏町」仏町は寺の多き町とぞ

俳句を取り込んでいる短歌。「仏町」という町名に心を留めて人に尋ねたのでしょう。原作の下句は少し分かりにくいかと思い添削例のような下句にしました。釧路の風土が感じられる歌です。

（原作）単純な何事もなく過ぐる日々飽き足りなくにこれで良いのか

（添削）何事もなく単純に過ぐる日々飽き足りなくも思えど良き日々

日常のふとした思いをよく掬いあげて詠んでいます。このような感じを時に抱く人も多いことでしょう。

単純に過ぎてゆく日々を作者は良いとも悪いとも述べておりません。「これで良いのか」という疑問形で提示しています。しかし、この疑問形が歌の弱さになっていると思います。一歩踏み込んだ添削例となっています。

第十二章　初句切れの歌

前章では初句の入り方について触れ、一首を緩やかに誘導する役割のあることを述べました。初句が次の二句を導き、二句が三句を導くというような連鎖のしかたです。ところが、これとは形の上で異なる「初句切れ」の作り方が歌にはあります。次のような歌です。

海恋し潮《しほ》の遠鳴りかぞへては少女となりし父母《ちちはは》の家　与謝野晶子
鎌倉や御仏《みほとけ》なれど釈迦牟尼《しやかむに》は美男《びなん》におはす夏木立かな　同

「海恋し」の「恋し」は形容詞の終止形ですから、ここで切れることになります。「鎌倉や」の「や」は助詞ですが、ここで言い切る働きをします。「古池や蛙飛び込む水の音」の「や」と同じです。これらの歌は「海恋し」「鎌倉や」の初句が独立して、一首の冒頭に載《の》っかっている形になっています。でも、これらの初句は別に不自然でもなく、重苦しい感じもありません。むしろ、感情をいきなり打ち出して爽やかな感じがします。

与謝野晶子は他にも、例えば「その子二十《はたち》」「経はにがし」「春みじかし」など初句切れの歌をよく作りました。

ところが、私たちが現在作っている歌には「初句切れ」の形の歌はかなり少ないようです。たまたま手元にあった歌集を開いてみましたが、この歌集には一首もありませんでした。他もよく調べてみなければなりませんが、「初句切れ」の作り方については注意しておく必要があると思います。

（原作）水不足ひびわれし田に農夫らが「あきらめるか」と溜息もらす
（添削）水不足にひびわれし田を農夫らは「あきらめるか」と言いあいて立つ

干害を嘆く歌です。結句「溜息もらす」はやや常套の表現で感情が出すぎていますから、その抑制のために「言いあいて立つ」としたものです。

初句「水不足」は独立しています。初句切れの作り方です。「水不足に」とすると字余りになるので、五音の「水不足」としたと思われます。でもこの切り方はやや不自然です。「水不足にひびわれし」の方が続き方として滑らかです。ここに「に」を置いたことにより、下の「田に」が「田を」に換わっています。「に」の重なりを避けたのですが、このあたりの助詞にも注意してほしいと思います。

（原作）黄なる実をてのひらに乗す陽を集めからたちは今秋の中心
（添削）てのひらに乗する黄なる実陽を集むからたちは今秋の中心

原作は「黄なる実をてのひらに乗す」で切れる二句切れ。添削例は「てのひらに乗する黄なる実陽を集む」で切れる三句切れ。下句「からたちは今秋の中心」は作者の心に浮かんだ思いです。添削例は、その思いがどのような状況から生まれたかを明確に設定した方がよいと思い、そのことを上句に置く作り方になっています。この方が安定するのではないでしょうか。初句を「かがやけり」と独立させて作る初句切れの方法も考えましたが、こちらはなかなか難しそうでした。

（原作）銀杏葉の黄金の海が浮かび来るこの寺に妻の父を送りき
（添削）銀杏の葉が黄金の海のごとくにも敷く寺に妻の父を送りき

境内を歩いていて過去のことが思い出されたのでしょう。「送りき」の「き」は助動詞ですが、過去（以前…た）をあらわす働きをします。この歌の場合は「回想」と言ってもいいでしょう。

この助動詞をともなう「妻の父を送りき」がしっかりした表現です。ところが三句の「浮かび来る」が曖昧です。「思いの中に浮かんで来た」ということでしょうか。そうでしたら結句の「き」と重なるところがあります。それとも「黄金の海が浮かび来る」は、現在の眼前の景なのでしょうか。添削例はすべて過去のこととして作った例です。

初句「銀杏葉の」は「銀杏の葉が」の方が字余りですが自然な表現です。

（原作）ひさびさに聴く童謡の「冬景色」季語ふんだんに散りばめられて

（添削）ひさびさに聴く童謡の「冬景色」季節の言葉がこころを誘う

「冬景色」は文部省唱歌で大正二年の『尋常小学唱歌』に載せられた唱歌です。岩波文庫『日本唱歌集』載録のものを見ますと、歌詞は三番まであり、一番は「さ霧消ゆる湊江の舟に白し、朝の霜。ただ水鳥の声はしていまだ覚めず、岸の家。」です。

原作で「季語」と言っているのは、俳句の「歳時記」に出ている季語というようなことではなく、季節を感じさせる言葉という程の意味ではないでしょうか。

（原作）雪虫のいつしか生《あ》れてただよへる陽かげる庭のひひらぎの上
（添削）雪虫のいつしか生れてただよへり陽かげる庭のひひらぎの上

ひとときの嘱目を逃さずにとらえています。場の具体が生きている歌です。

三句「ただよへる」の「る」は、完了（…した）や存続（…している）の働きをもつ助動詞の連体形です。意味上はここで切れるのに、終止形ではなく敢えて連体形にしたのは上に「いつしか」という疑問の言葉があるから、ということでしょうか。そういう用法が古典の文法にはありましたが、この歌ではやはり終止形「り」が明確でよいと思われます。それに「ただよへる陽かげる」は「る」の音が重なるということもあります。

（原作）アイロンをかけたるときの匂ひして本日校舎に暖房の入る
（添削）アイロンをかけたるときの匂ひする今日暖房が校舎に入りて

少し焦げ臭い匂いだったのでしょうか。特殊なことですが実感のある歌です。原作のままで、ことがらをしっかりと伝えているのですが、敢えて二つの点について考えてみたいと思います。一つは、歌の作り方がやや散文調であるということです。それは「匂ひして」…「暖房の入る」となる上句と下句の続き方によると思われます。もう一つは、四句「本日校舎に」の窮屈さです。「本日」は硬い言葉ですが、この歌では「今日」ぐらいで充分でしょう。添削例は三句で切った作り方になっています。

（原作）何ゆえか鳥語きこえぬせんだんの実は房生りて待つ朝なさな
（添削）鳥の声聞こえざれどもせんだんの房生りの実は朝なさな待つ

梅檀《せんだん》は古くからよく歌に詠まれました。辞典で見ると「果実は楕円形で黄熟」とあります。鳥が啄みに来ることをこの歌では詠んでいます。優雅な感じがします。
原作は初句を「何ゆえか」と投げかけるように置いています。初句切れとまでは言えないかもしれませんが、それに近い形です。しかし、この言葉は無くてもよさそうです。言葉を整理し、伝えたい内容を簡潔に表現する工夫が必要かと思います。

（原作）小春日の石仏の下に残菊の咲き乱れおり香り残して
（添削）小春日の石仏のもと残菊は咲き乱れおり香り残して

親しげな様子を詠んでいる歌です。結句「香り残して」も効果的です。上句「小春日の石仏の下に残菊の」がやや忙《せわ》しく落着かないでしょうか。それは助詞「の」「に」によると思われます。それらを整理し添削例のようにしてみました。「残菊は」の「は」は主語を強く設定するときの使い方です。

（原作）鎌を研ぎ錆止め塗りて仕舞ひやる吾が草刈りの友としあれば
（添削）鎌を研ぎ錆止め塗りて仕舞ひやる吾が草刈りのよき友の鎌

鎌を大切にし、また来年お願いしますというような気持なのでしょう。「吾が草刈りの友」に心が籠められています。

「友としあれば」の「し」は強調するときに使う助詞です。「あれば」も強いひびきをもつ表現です。優しい内容の歌ですから、表現も穏やかな方がいいでしょう。「鎌」を繰り返して、そこに心情を籠めてみました。

（原作）ゆず七個浮かべる湯舟に安らぎぬ忙しき一日辛くもしのぎて
（添削）ゆず七個湯舟に浮かべ安らぎぬ忙《せは》しき一日なれど凌ぎて

心情が素直に表現されています。七個とか一日という数をともなう語も具体的で納得させます。

二句「浮かべる湯舟に」と四句「辛くもしのぎて」の字余りを無くすように添削しました。型式はできるだけ守るように作るのが基本です。

（原作）谷地に入る山の稜線腕のよう迎えて来れし心地にさせる
（添削）谷に向く腕《かいな》のごとき稜線はわれを優しく迎えてくるる

谷を抱くように稜線がなだらかに下っていたのでしょうか。原作はやや読みとりにくいところがあります。できるだけ無理のない表現を心掛けるとよいと思います。

第十三章　二句切れの歌

いつも歌を作っている人は、五・七・五・七・七の音数が身について、いちいち指を折って数えたりすることはしません。しかし、その時にできた歌が、五・七・五・七・七の型式をどのように生かした歌になっているかということには、いつも注意を向けていなければなりません。

今回は二句切れの歌の形を見ておきたいと思います。

春過ぎて夏来たるらし白妙の衣ほしたり天の香具山　持統天皇

ただ一度生れ来しなり「さくらさくら」歌ふベラフォンテも我も悲しき　島田修二

「夏来たるらし」の「らし」は根拠のある推量の意味をもつ助動詞で、ここでは終止形として使われています。「春過ぎて夏来たるらし」で切れる二句切れです。さらにこの歌は「衣ほしたり」でも切れています。四句切れでもあります。二句と四句で切れるということは、「五七」・「五七」の形になるということです。これは万葉集に多く見られる形で、五七調と呼ばれます。

「生れ来しなり」の「なり」は断定（…である）の意味をもつ助動詞で、ここでの使われ方も終止形です。「ただ一度生れ来しなり」で切れる二句切れの作り方になっています。

大切なのは、二句切れとして作られた「五七」の二句までと、それ以下の句がどのような関係になっているかということです。右の二首を見ますと、最初の五七つまり二句までの中に作者の主観としての思いが述べられています。そして三句以下は、その主観の因となったことがらを具体的に述べています。二句までの「五七」を支えている感じです。二句切れの歌に多く見られる形です。

（原作）帰りたしと幾度言ひしかその家にしら骨となり息子は帰りけり

（添削）帰りたしと幾度言ひしかしら骨となりその家に子は帰りけり

心情が率直に述べられ、そのひたすらな感じに心が動かされます。作り方は二句切れで、「帰りたいとほんとに何度言ったことか」という作者の感慨を独立させて先に述べていますこの形がよく出来ていると思います。「息子」とあるのは「こ」と読んでほしいところでしょうか。少し無理な感じがしますので、単に「子」としました。

（原作）長き髪きりりと結び歳旦をバイト料アップと出でゆく孫は
（添削）長き髪を結び上げたり歳旦をバイト料アップと出でゆく孫は

原作は句切れのない作り方ですが、二句切れに改めてみました。この方が結句「出でゆく孫は」と呼応して落着くように思います。「きりりと結び」はやや常套の表現（決まり文句）ですから避けました。

歳旦に仕事をするのですから、バイト料が加算されるのでしょう。張り切って出てゆく様子をよく詠んでいます。「長き髪をきつく結べり」とも考えました。作者としてはどちらでしょうか。

（原作）喜ばん師よりの賀状二枚つき「期待しています」と二度も言はるを
（添削）喜ばん師よりの賀状二枚あり「期待しています」と二度も言はるる

初句「喜ばん」で切る作り方です。初句切れの歌が現在あまり見られないということを前章で書きましたが、この歌に出合えてうれしい思いです。歌もユーモアがあります。

原作の結句「言はるを」の「を」は、初句「喜ばん」に呼応させた「を」でしょうか。

そうだとすると、一首の作り方が説明のようになってしまいます。「言はるる」は「言はるることよ」の意ですが、これでよいと思います。

（原作）日の暮れの山の湖暗・暗と片かげりしてさざ波渡る

（添削）日の暮れの山の湖くらぐらと片方《かたへ》より暮れさざ波渡る

「日の暮れの山の湖」は一見ここで切れているようにも見えますが、これは二句切れではなく、ここまでが一首の主部「日の暮れの山の湖（は）」となっている形です。この歌は句切れのない歌です。

「暗・暗と」は読み難いので平易に「くらぐらと」にしました。暮れかかってなおさざ波が見えているのでしょう。その場としっかり向き合っている感じのある歌です。

（原作）健康体操教室のにぎにぎしアマランサスの種分け合いて

（添削）健康体操教室今日もにぎにぎしアマランサスの種分け合いて

原作の上句「健康体操教室のにぎにぎし」は五・七・五に近づけて読むのが難しそうで

す。添削例は「健康体操―教室今日も―にぎにぎし」と、初句は字余りですが、音数を五・七・五に近づけたものです。「健康体操教室」は一纏まりの言葉ですから、必然的に句を跨がった使い方（句跨がり）にならざるを得ません。下句「アマランサスの種分け合いて」がとてもよい歌です。

（原作）ほほそげて九十の齢義母は見せ空也上人の顔してねむる

（添削）ほほそげし九十の齢わが義母は空也上人の顔してねむる

齢は「よわい」。「義母は見せ」の「見せ」は説明的ですから無い方がよいでしょう。添削例は「ほほそげし九十の齢」で切る二句切れの作り方です。その二句までの内容を深めるのが三句以下ということになります。

空也上人は平安時代の僧ですが、六波羅蜜寺の空也上人木像を私たちはよく知っています。この歌では「空也上人の顔」という具体が生かされています。

（原作）隣家の庇はいたく傾きてさびしさびしと柿の木のこえ

（添削）隣家の庇はいたく傾けり柿の木さえやさびしげに見ゆ

庇の傾いた隣家があり、その横に柿の木があるのでしょう。「さびしさびし」と思う作者の心情が素直に出ている歌です。

添削例は二点について改めています。一点は、三句切れの形にして庇のことを先ず述べました。二点目は、「柿の木のこえ」という擬人化の表現を作者の立場からの直接の言葉に改めたことです。擬人化の表現は、短歌ではなかなか難しく扱いにくいようです。

（原作）「遊ぼ」つて言へど応へなく我のめぐりの友ら老いたり

（添削）「遊ぼ」つて幾たび言へど応へなし我のめぐりの友ら老いたり

原作の上句の調子を整えたいと思いました。そして「応へなく」を終止形の「応へなし」とし、上句でひとまず切る三句切れの作り方にしました。

上句は友らとのことがらを述べているのに対し、下句は作者の思いを述べています。明るい感じの歌ですが寂しさもあって、味わいのある歌となっています。

（原作）蕭条と冬田に並ぶ豆の茎農の荒廃証すがごとく

（添削）蕭条《しょうじょう》と冬田に豆の茎立てり如何になりゆく農業ならん

田に米ではなく豆を作っていることに作者は目を留めています。立ち並んでいる様子も色あいも寂しく感じられたのでしょう。「蕭条」はものさびしいさまをいう言葉ですが、この歌には「冬田」「荒廃」など寂しい感じの言葉が他にも使われています。その一色ですべて言い切ってしまっていることが問題です。添削例はすこし余裕のある歌にしてみました。

（原作）修復のできぬ原発抱えながらおもてなしとう余裕をみせて

（添削）「おもてなし」と言うは余裕か修復のできぬ原発抱えているに

外国に対して「おもてなし」などと言っていていいのだろうか。無理をして余裕を見せているようだ。作者はそんな思いだったのでしょう。素直な発想です。

原作は述べ方がやや文章調ですので、もう少し歌としての調子を整えたいと思います。「「おもてなし」と言うは余裕か」までを独立させて先に置いた二句切れの形です。

（原作）　小学校同学年に卒業す人の家には赤き葉の蔓
（添削）　小学校同学年の人ありし家なり庭に蔓草赤し

蔓性の植物の赤い葉を見て、小学校同学年の人を懐かしく思い出したと思われます。「同学年に卒業す人の家」が表現不十分です。「卒業す」は終止形。下に続くには連体形「卒業する人」で、過去の場合には「卒業せし人」となります。添削例は、卒業のことは省いて簡潔に表現してみました。

（原作）　雲のなき深き空なり満月は孤高にひかり夜をわたるらむ
（添削）　雲のなき深き空なり満月はひかり孤高に夜をわたりゆく

二句切れのしっかりと作られた歌です。「らむ」は「今ごろは…しているだろう」の意味の助動詞です。「わたりゆく」の方が現実に向き合い、確かな感じになるでしょう。

第十四章　第三句末の助詞「て」

歌会など歌の批評の場で、助詞「の」や「て」の重なりがよく指摘されます。今回は、第三句末（上句の終り）に助詞「て」が使用されている歌について、その歌のかたちがどうなっているか考えてみたいと思います。

みづからのめまひのごとく揺りそめて終る地震ありいたく寂しく　佐藤佐太郎

読み上ぐる平和宣言に拍手して今日も別れぬ雨のちまたに　近藤芳美

「揺りそめて」「拍手して」はどちらも第三句末が助詞（接続助詞）「て」となっています。そして、これらの歌をよく見ますと、どちらも第四句「終る地震あり」「今日も別れぬ」で切れる四句切れの歌になっていることが分かります。

第三句末が「て」、そして四句切れ。このかたちは注意して見ますと、古い歌でも新しい歌でも多く見られます。

第三句末が「て」で下句に続き、句切れなく結句まで詠み通すと、説明的な感じの強い歌になるおそれがあるのだと思います。それを避けるために「て」の導く下句に早めに切れを入れているのではないかと私は考えています。

仮に右の二首の下句を、句切れのない作り方「いたく寂しく終る地震あり」「雨のちまたに今日も別れぬ」などとして比較してみると、説明的な感じかそうでないかが明確になってくるように思われます。どの歌もこのようでなければならないというのではありません。

のど赤き玄鳥《つばくらめ》ふたつ屋梁《はり》にゐて足乳根《たらちね》の母は死にたまふなり　斎藤茂吉

第三句末が「て」ですが下句に句切れはなく、伸びやかな調子の歌となっています。

（原作）知り合ひて七十年の友ありて今日簗に来て香魚を喰めり
（添削）知り合ひて七十年となる友と今日簗に来て香魚を喰めり

原作は初句と三句と四句末が「て」になっています。「知り合ひて」「友ありて」「簗に来て」というように「て」で下へ下へと続けてゆく述べ方は、どうしても説明的な感じになってしまいます。

添削例は三句末の「て」を省くようにしてみたものです。「て」の重複は避けられたのですが、それでも十分ではなさそうです。四句が「簗に来ぬ」と切れる作り方も考えられると思います。

(原作) 明日葉にキアゲハ幼虫住み着いて食草なるを改めて知る
(添削) 明日葉にキアゲハ幼虫住み着くに改めて知る食草なるを

原作は三句が「住み着いて」で、やはり「て」が句末に置かれています。その「て」から下句への続き方「住み着いて食草なるを改めて知る」が、抑揚のない平板な感じになってしまっています。
添削例は三句末の「て」を省いて四句で切る工夫をしたものです。調子にめり張りのようなものをつけたいと思いました。

(原作) 青みたる麦の畑に鳧はいて農道通る吾《あ》を脅したり
(添削) 青みたる麦の畑にいる鳧《けり》は農道を行く吾を脅したり

梟は大きさは鳩くらいということです。ユーモアのある歌です。「梟はいて」でも悪くはありませんが、やや改まった感じがありますから普通に「いる梟は」としました。

この歌も下句を「吾を脅したり農道行くに」と四句で切る作り方もあると思われます。

（原作）小雪に落ちた紅葉を踏み行けば鯉もまだらに池をいろどり

（添削）小雪ふり落ちた紅葉《もみじ》を踏み行けば鯉もまだらに池をいろどる

原作「小雪に」は「こゆきに」と読むと四音です。「しょうせつ」という季節があるので「しょうせつに」と五音にも読んでみました。しかし作者は、少しばかり降った雪の上に落ちた紅葉を目にし、そのいろどりを美しいと思ったのではないでしょうか。そこで初句を「小雪ふり」と五音に整えました。結句の「いろどり」は連用形ですが、終止形「いろどる」の方が落着きます。

色彩感を中心として詠んだはなやいだ感じをもつ歌です。

（原作）消しきれぬ友への思いに染みて吹く魚野川渡る冬ざれの風
（添削）友思うわれのこころに染みて吹く魚野川渡る冬ざれの風

「消しきれぬ友への思いに染みて吹く」は言葉が重く錯綜して、やや明解さを欠いている感じです。「冬ざれの風」だけでも重い言葉ですから、初句「消しきれぬ」はそう重くなく普通に詠み出していいでしょう。

自作を何度も推敲していますと、時に深入りしすぎてしまうことがあります。時間をおいて再び見直すということもよいでしょう。

（原作）書けば言へば筆禍・舌禍となりぬらむ秘密保護法発動すれば
（添削）書けば筆禍言へば舌禍となりぬらむ秘密保護法発動ののち

秘密保護法の成立に恐れを抱く歌。「なりぬらむ」は「きっとそうなってしまうだろう」という強調表現。

「書けば言へば」は初句としてやや唐突でしょうか。それに結句も「すれば」と助詞「ば」が重なりますので、それらを解消するように添削してみました。

（原作）噴火口の凹凸四方に広ごりて白夜の宙を歩む吾の夢
（添削）噴火口の凹凸四方に広ごれる上の白夜を歩む吾が夢

夢の歌。三句末が「広ごりて」の「て」で下句に続くかたちとなっています。ただ、この「て」は下句への接続のしかたが緩やかなもので、単に「広ごっている夢で」ほどの意味で使われています。そこで添削例は「て」を省いて「広ごれる上の白夜」と、意味を明確にして、下句へ続くようにしました。

素材に特異性があり、まさに夢の歌という感じです。

（原作）年末の教会閉まり窓際の椅子の隅には冬の残光
（添削）年末の教会閉じて窓側の椅子にとどまる残光のあり

扉を閉ざしている教会の窓から中の様子を窺ったのだろうと思います。ひそやかな感じが歌にあらわれています。

「椅子の隅には」は、その椅子が窓側にあるということだけで十分かと思います。「冬の残光」は初句「年末の」と重なりますので単に「残光のあり」としました。一首としてのかたちは原作のとおりです。

（原作）狭庭辺に黄菊一輪ともしおり冷たき雨に愁えるような
（添削）庭の辺に黄菊一輪咲きのこる冷たき雨を愁えるように

一輪の黄菊をいとしむ歌。言葉の上の添削が主となります。「狭庭辺」「ともしおり」はよく使われる言葉ですが、美しそうな言葉は注意すべきです。現実にしっかりと向き合って詠むと、普段使っている言葉による表現がかえって力をもってくるということがあると思われます。

（原作）青空に白き大蛇のくねりおり風に吹かれて西へのび行く
（添削）青空に白き大蛇の雲ありて西へのびゆく風に吹かれて

大蛇のかたちの雲をしばらくの間見ていたのでしょう。その様子を丁寧に表現しています。

原作は上句の終りが「くねりおり」で下句の終りが「西へのび行く」とどちらも動詞の

終止形で終っています。上句と下句が並列している感じがあります。添削例は三句末を「て」にして下句に接続させ、四句で切るかたちの歌になっています。

（原作）かすかなる日ざしを浴びて木の枝をけりて遊べる冬の小鳥は

（添削）かすかなる日ざしを浴びて木の枝をけりつつ遊ぶ冬の小鳥は

冬の小鳥を優しい目で見ています。「日ざしを浴びて木の枝をけりて」の「て」の重なりが、ことがらの説明に追われている感じで気になるところです。

原作の「けりて遊べる」はここで切れる四句切れですが、添削例の「けりつつ遊ぶ」はより明確に切れるかたちとなっています。

（原作）陽のような明るく優しき子の晃子名付けくれたる恩師偲ばゆ

（添削）陽のように明るく優しき子の晃子名付けくれたる恩師偲ばる

明解な歌で素直な詠みかたに親しさがあります。「偲ばゆ」の「ゆ」は古い時代の言葉で、自然にそうなる意（自発）を表しました。この歌の場合は、私たちが普通に使っている「偲ばる」でよいと思います。

(原作)炭を焼く寒村出でし身をたててわが生徒らが古稀をむかふる

(添削)炭を焼く寒村出でて身をたてしわが生徒らが古稀をむかふる

三句末の「て」を除こうとして、二句末の「し」と入れ代えてみました。微妙な差のようでもありますが、一首の仕組みはかなり違ったものになっています。

第十五章　四句切れの歌

前章では、第三句末が助詞「て」になることについて述べ、そのために第四句で切れる四句切れの歌が多く見られることに触れました。今回は、四句切れの歌の本来のかたち、四句切れの歌はこうありたいというようなことについて考えてみたいと思います。

ふるさとは影置く紫蘇も桑の木も一様《いちやう》に寂し晩夏のひかり　宮　柊二

「一様に寂し」が第四句。「寂し」が形容詞の終止形ですから、この歌はここで切れる四句切れの歌ということになります。四句で切れるということは、第五句（結句）が独立して存在するということでもあります。この歌の「晩夏のひかり」は独立してそこに置かれています。

独立と言っても、歌一首のかたちの上での独立です。その歌の初句から四句までの内容と深くかかわった独立の仕方です。この歌で説明します。

作者はふるさとに行って畑のあたりの様子を見ます。影をひいて立っている紫蘇も桑の木もみな寂しいと感じ、「一様に寂し」と言い切ります。そこまでで一通りのことは終っているのですが、結句に「晩夏のひかり」と据えました。この結句「晩夏のひかり」によって、この歌を読む私たちは、紫蘇の影や桑の木の濃い影を改めて思い浮かべ、夏の過ぎゆく畑のあたりの様子や静けさまで感じることができます。この結句は、初句から四句までの内容をさらに新鮮なものにするはたらきをしています。

四句までで言い切ってしまって、結句があまり役をなしていないようではよい歌とはならないでしょう。四句切れの場合の結句こそその歌を支えるものであるべきです。

（原作）競ふごと体の不具合言ひつのり何故か楽しげローカル電車
（添削）こもごもに体の不具合言ひあひて人ら楽しげローカル電車

原作は主語が省略されていますが、内容から老人たちであることが分かります。添削例では「人ら」と明確にしました。「競ふごと……言ひつのり」は少し抑制した表現に改めました。その方が落着いた歌になるでしょう。

「楽しげ」は形容詞「楽し」に接尾語「げ」の付いた言葉ですが、これに「なり」がさらに付いて「楽しげなり」となり形容動詞の活用をします。ですから「楽しげ」はその語幹と言えます。右の歌の「楽しげ」は「楽しげなり」と同じはたらきをし、ここで切れる四句切れを形成しています。結句「ローカル電車」が四句までの内容を受けとめて成功していると思われます。

（原作）斬くばかり老いしわが身を省みて充足覚えて見る冬の月

（添削）斬くばかり老いしわが身を省みて見る冬の月充足覚ゆ

「省みて充足覚えて」の助詞「て」の重なりを避けたいところです。第三句末が「て」になった時には第四句で切ることができないかというのが前章のテーマでしたが、この歌をそれに従って考え、下句七七を入れ替えてみました。四句「見る冬の月」で切れて、そこに一呼吸を置く作り方です。この方が結句「充足覚ゆ」が生きてくるでしょう。

（原作）土塊をほぐせる中にこぼれ種紛れこみたり深く眠れよ

（添削）土塊をほぐせるところこぼれ種紛れこみたり深く眠れよ

「紛れこみたり」の「たり」は助動詞で完了（…シタ）や存続（…シテイル）などの意

味を持ちますが、ここでの使われ方は終止形です。ですからこの歌もここで切れる四句切れとなります。独立している結句「深く眠れよ」は作者の心情が直接述べられていますが、初句から第四句までをよく支えて潤いのある歌に仕立てています。

「ほぐせる中に」は「ほぐせるところ」ぐらいが自然でしょうか。「土塊」の読みは「つちくれ」。

（原作）やわらかな春の雨音聞きながら今日は休むと鍬に声かく

（添削）やわらかな春の雨音聞きながら鍬に声かく今日は休もう

日頃の生活の様子が窺われて親しい歌です。第三句が「聞きながら」ですが、この句が下句にどのように続いているかを見てほしいと思います。

「聞きながら今日は休むと鍬に声かく」は文章に近い述べ方の感じです。添削例は第四句で切り、結句を独立させてみました。この方が短歌としての調子が引緊まってよいと思います。

（原作）隣家の媼出で来て畑見る姿さびしも風負いて立つ
（添削）隣家の媼出で来て畑見る姿さびしも風に吹かれつつ

この歌も四句切れですが、しっかり作られたよい歌です。原作どおりでもよいと思いましたが、「風負いて立つ」はやや硬い表現ではないかと思い、こなれた表現に改めてみました。「媼出で来て」「風負いて」の助詞「て」が重なっているのも少し気になりました。

（原作）皮はがれ皿にのりゐるはげといふ魚《うを》を哀れむ肌寒き夜に
（添削）寒き夜に皮をはがれて皿にのるはげといふ名の魚を哀れむ

原作は四句切れの歌でとてもよく出来ていると思います。このままでもよいのですが、少し欲張って考えてみました。結句「肌寒き夜に」が上の四句までの内容に少し即《つ》きすぎている感じがしないでしょうか。駄目押しというほどではありませんが、それに近い結句となっていると思います。添削例は、句切れのない作り方です。

（原作）降雪の度に測れる物差しの裏に太々子の名ありけり

（添削）降雪の度に測れる物差しは裏に子の名のふとぶととあり

素直に詠まれた情感のある歌です。三句「物差しの」を「物差しは」としました。助詞「は」によって上句をしっかりと受け止めたものです。「の」によって下へ下へと続くかたちはいつでも起こりやすいので注意が必要です。

（原作）霧深き朝灯して家々は春の予感にふくらむごとし

（添削）霧深き朝を灯せる家々は春の予感にふくらむごとし

「朝灯して」を「朝を灯せる」と添削しました。「朝を」の助詞「を」は一定の持続する時間を表わす時に用いられます。「灯せる」の助動詞「る」は「…シテイル」という意味を持ちます。「朝《あさ》を灯せる」の方が状況に沿った表現かと思われます。

（原作）真つ白な雪面に散らばる山茶花はしぼり鮮やかな着物地想はす

（添削）真つ白な雪に散りたる山茶花はしぼり模様の着物想はす

字余りの句が「雪面に散らばる」「しぼり鮮やかな」「着物地想はす」と多く見られます。短歌は散文ではありませんので、説明的に述べるのではなく、型式を上手に生かしながら、作者の感動が読む人に伝わるように詠むべきです。

添削例の結句「着物想はす」としましたが、これでもまだ説明的な感じが残ります。このあたりの工夫が歌の勉強のしどころかと思います。

（原作）妻つくる苦味がありし蕗味噌は旬な山菜食欲そそる

（添削）苦味ある蕗味噌を妻は作りたり旬の山菜は食欲そそる

上句の語順を改めて無理のない表現にしました。「妻つくる」の「つくる」は現在形。「苦味がありし」の「ありし」は過去形で、「苦味があった」という意味になります。助動詞「し」は多く使われますので、覚えておかなければならないことです。

（原作）川の面を陽が射しゆるる影のごと戯れている数匹の鯉
（添削）川の面に陽が射し影のごとゆるる数匹の鯉戯るるごと

うららかな様子を橋の上からでも見たのでしょうか。対象に迫ってよく見ている感じがします。原作の初句「川の面を」を「川の面に」と改めただけで、この歌はほとんど出来上がっていると言えます。添削例はもう少し頑張って四句切れの歌にしてみたものです。結句「戯るるごと」が上の四句までを受け止めて、その場の状況を生き生きとさせるはたらきをしていれば、四句切れの歌として成功していると言うことができます。

（原作）花の咲く木々が植わりし畑売りきいま季《とき》迎え涙しきりに
（添削）花の咲く木も植えありし畑売りき花の季《き》くればしきりに思う

畑のどこかに花の咲く木が何本かあったのでしょう。梅とか桃などが想像されます。売却した畑というよりも先ずはその木々を思い、その花を偲ぶ作者の心情が察せられます。歌は「畑売りき」で切る三句切れの作り方ですが、添削例は主として下句を改めています。感情は抑制して表現した方が歌として深くなるからです。

第十六章　一首中の動詞の数

動詞とはそのものの動作や作用や存在などを表す単語を言います。咲く、着る、蹴る、過ぐ、告ぐ、死ぬ、あり、来（く）、す、など数が多く、未然形、連用形…と変化（活用）します。

一首中に動詞は平均してどのくらいあるものでしょうか。実際に調べたことがありませんので明確には言えませんが、おそらく作者によって差があるだろうと思われます。

動詞の数が多いとその歌は説明的な感じになりやすい。一般にはそのようなことが言われているようです。実際の歌で見てみましょう。

死に近き母に添寝のしんしんと遠田のかはづ天に聞ゆる　斎藤茂吉

向日葵は金の油を身にあびてゆらりと高し日のちひささよ　前田夕暮

これらは動詞が極端に少ない歌の例です。茂吉の歌は「聞ゆる」のただ一個です。初句の「死に」は名詞です。夕暮の歌も「あび」の一個だけです。

一方、次のような歌もあります。

おもちや買ふ銭のありやと問ひし子の問はずなりけり無しと思ふらし　窪田空穂
鳴く蝉を手握《たにぎ》りもちてその頭をりをり見つつ童《わらべ》走せ来る　同

前の歌には「買ふ」「あり」「問ひ」「問は」「なり」「思ふ」の六個の動詞が見られます。後の歌には「鳴く」「手握り」「もち」「見」「走せ」「来る」とこれも六個です。「走せ来る」を一つの動詞としてみても、かなり多い動詞の数と思われます。この二首は動詞の数は多いのですが、説明的な歌という感じはありません。子供の様子や場の状況を、むしろ生き生きと伝えているると言えるでしょう。

動詞を多く使いながらよい歌になっている。これはなかなか難しいことなのかもしれません。動詞を効果的に使うということは、作歌上注意しておくべきことの一つでしょう。

（原作）　力込め我が打つ除夜の鐘ひとつ四方に響けり余韻を持ちて
（添削）　力込め我が打つ除夜の鐘ひとつ余韻はるかに四方を潤す

原作で使われている動詞は「込め」「打つ」「響け」「持ち」の四個です。一首中の動詞の数としては、普通かやや多いかというところでしょう。下句「四方に響けり余韻を持ちて」から動詞を一つ削って「余韻はるかに四方を潤す」としてみました。

（原作）落ちてくる雪を掌《て》にうけ幼子は消えゆく見つむ母の隣りに

（添削）てのひらに雪を受けつつ幼子は消えゆく見つむ母の隣りに

同じように動詞を見ますと、原作は「落ち」「くる」「うけ」「消えゆく」「見つむ」の五個です。この歌は意味はよく分かるのですが、調子が小刻みでどこかゆとりがありません。それは動詞の多用と関係があると思われます。添削例の動詞は「受け」「消えゆく」「見つむ」です。少しゆったりとしたのではないでしょうか。

（原作）生花店店頭を飾るバラの花美しきことが造花に見せる

（添削）生花店店頭を飾るバラの花いたく美し造花のごとく

美しい花が飾られてあると、つい造花だろうかと思うことがよくあります。それだけ造花の技術が進んでいるということでしょう。この歌はそういう現状をよく受け止めて詠んでいます。下句「美しきことが造花に見せる」が少し説明的でしょうか。「見せる」にその感じがあるのかもしれません。添削例はこの動詞を削除してみました。

（原作）伊豆沼の泥に嘴《くち》さし真菰など食ふ白鳥の首黒ずむも

（添削）伊豆沼の泥に嘴さし真菰食ふ白鳥の首黒く汚れつ

ことがらが丁寧に詠まれています。具体的であること、それは歌の大切なことの一つですが、何から何まで取り込んで詠んでは煩わしいことになってしまいます。原作はもう少しゆったりした感じになっていいと思います。

真菰のほかにもいろいろ食うので「真菰など」としたのですが、こういうところは省略して「真菰食ふ」でよいと思います。

（原作）青梗菜《からしな》のおひたし皿に盛るなかに梅の花びら二枚見つけつ

（添削）青梗菜のおひたし皿に盛るなかにふたひらまじる梅のはなびら

ゆったりと詠まれた心地よい歌です。使われている動詞は「盛る」「見つけ」です。おそらく、動詞の数の少なさがゆったりとした調子のひとつの要因となっているだろうと思われます。原作の結句「二枚見つけつ」を添削例は「梅のはなびら」と名詞で終わる（体言止め）形に改めています。この方が一層ゆったりとして落着いた感じが増すのではないでしょうか。

（原作）いつにても後悔せぬやう生きてきぬ私のために私を生きる

（添削）後悔をせぬやういつも生きてきぬ私のための私の一生《ひとよ》

自身の生き方に対する潔い思いのあらわれている歌。原作は「生きてきぬ」「私を生きる」と、動詞「生き」「生きる」が重ねて使われています。これは強調の表現で普通に見られるものですが、この歌では「私」も重ねて使われていますので、そのあたりがやや込み入った感じになっているかと思います。添削例は「生き」を一つだけにして、一首の形を整えたものです。

（原作）冬ばれの空渡り行く風ありて椿に添いし雪も溶け行く
（添削）冬ばれの空渡りゆく風ありて椿の雪も溶けはじめたり

心地よい冬のある日の様子をよく伝えています。空と地の二つを取り込んでいますが、よく統一されてばらばらな感じがありません。原作の動詞は「渡り行く」「あり」「添い」「溶け行く」です。「渡り行く」と「溶け行く」の重なりが一番気になります。添削例はこれを一つだけにし、かつ「行く」を平仮名「ゆく」にしています。「行く」をあまり目立たないようにするためです。

（原作）壱円がお久しぶりと自己主張する時が来た財布陣取り
（添削）壱円がお久しぶりと自己主張する時が来て財布賑わう

四月から消費税が値上がりしたことにかかわって詠まれた歌でしょう。ただ時期が過ぎてしまうと、そのことが分からなくなってしまうかもしれません。そのような時には、消費税のことを詠んだ歌を他にも作り、それと合わせて発表するという方法も考えられます。しかし、歌はあくまでも一首として独立するというのが基本です。この歌は口語を取り入れていますが、それが詠まれている内容と合致して、軽やかで楽しげな感じのものとなっています。

（原作）ほつほつと咲きたる庭の枝垂梅納屋で産まれし猫も育ちぬ

（添削）ほつほつと咲きたる庭の枝垂梅納屋で産まれし子猫も育つ

ことがらが一首の中にうまく取り込まれており、幸福な感じにさせられます。作者の目の向け方の優しさというものなのでしょう。動詞の配置もよくゆったりとした調子となっています。

「育ちぬ」の助動詞「ぬ」は完了の意味をもつはたらきをします。この歌の場合は現在形「育つ」がふさわしいでしょう。「ぬ」は使いやすいのですが注意が必要です。

（原作）うらうらと春の光りのあまねくて一湾の景にまなこ濯ぎぬ

（添削）うらうらと春の光りのあまねくて一湾の景にまなこを濯《そそ》ぐ

初句「うらうらと」と詠み出してゆったりとした調子で結句まで続いています。よく見ますと、この歌の動詞は結句の「濯ぐ」だけです。初句からの言葉はすべて結句の「濯ぐ」に向かって進んでいる感じです。

「濯ぎぬ」を「濯ぐ」としたのは、前歌の「育ちぬ」を「育つ」と改めたのと同様です。

（原作）うらうらと春の日差しに何がなし良きこと兆す電話鳴りくる

（添削）うらうらと春の日差して何がなし良き兆しあり電話鳴りくる

原作の初句「うらうらと」の下への続き方をしっかりさせるために、添削例の二句を「差して」としました。四句「兆しあり」はそこで切れる四句切れです。原作の方は「良きこと兆す」で切れるのか、切れずに下に続くのか、やや曖昧ですので明確なかたちにしてみました。

（原作）縄文の小金具塚散策し史跡に浮ぶくらしに触れし

（添削）縄文の小金具塚を散策し史跡に人のくらしを偲ぶ

上句は場所の設定に具体性がありますが、下句は「史跡に浮ぶくらしに」が曖昧かと思います。動詞「浮ぶ」に問題がありそうなので、添削例では削除してみました。使わなくてもよい動詞を、私たちはつい取り込んでしまいがちです。推敲の際の注意点の一つでしょう。

第十七章　「せし」と「しし」

動詞に過去の助動詞「し」が接続する時、見た目には「せし」である時と「しし」である時とがあります。これらは現代の短歌においても厳密に使い分けられているという訳ではありませんが、ここではその基本的な使い方を述べておきます。

①サ行変格活用の動詞に接続した時には「せし」となります。サ行変格活用の動詞は「す」「おはす」の二語ですから、この動詞に接続し「せし」「おはせし」となります。さらに「す」は「愛す」など漢語について多くの複合動詞を作ります。ですからこの場合には「愛せし」となります。

②サ行の四段活用の動詞の場合は、その連用形について「しし」となります。例えば「移す」は「移しし」、「貸す」は「貸しし」です。

ふかぶかと雪とざしたるこの町に思ひ出ししごとく「永霊《えいれい》」かへる　斎藤茂吉

「思ひ出す」はサ行の四段活用の動詞ですから、連用形「思ひ出し」に「し」が接続しています。

③サ行の下二段活用の動詞の場合は、その連用形について「せし」となります。次の歌を例に説明します。

新酒桶《にひおけ》を伏せしかたへに割る竹の竹紙《たけがみ》かろく春風にとぶ　中村憲吉

「伏す」はサ行の下二段活用の動詞で、「伏せ・伏せ・伏す・伏する・伏すれ・伏せよ」と活用します。「し」は連用形の「伏せ」について「伏せし」となっています。「寄す」「混ず」なども同じように「寄せし」「混ぜし」となります。

以上、少し面倒なことを述べましたが、不安な時には辞典でその動詞を調べ、サ行変格であるか、サ行四段であるか、サ行下二段であるかを確かめるとよいと思います。例えば広辞苑では、「自サ変」「自四」「他下二」などと記載されています。

(原作)二度降りし大雪解けて里小川満たせし濁流轟々流る

(添削)二度降りし大雪解けて里川を満たしし水の濁りて流る

「満たす」はサ行四段活用の動詞です。連用形は「満たし」ですから、「し」を接続させせて「満たしし」となります。ただ、「満たせし」のように、「しし」となるべきところを「せし」として使っている例は、ごく普通に見られることも事実です。

(原作) ずつしりと稲架《はさ》にかかりし稲束を赤々と染め日は登りくる
(添削) ずつしりと稲架にかかれる稲束を赤々と染め日は登りくる

「かかりし」を「かかれる」と添削しました。助動詞「し」(終止形は「き」)は、それが過去の事実であったことを言うのが基本の使い方です。稲架の稲束を作者は見ているのでしょうから、ここは「し」ではなく、「…テアル」の意味をもつ助動詞「る」(終止形は「り」)としました。

(原作) 被災地の児童の体力向上に些か寄与せし縄跳びならむ
(添削) 被災地の児童の体力向上に寄与せしやわが子らの縄跳び

津波の被災地では校庭が使用できないことがあったようです。この歌はそういう状況下の子供たちを詠んでいます。

「寄与す」は「寄与」に「す」のついたサ行変格活用の動詞です。ですから「寄与せし」という使い方をします。「些か」は「いささか」でしょうか。「わずか」と読んで第四句を七音にしたいのでしょうか。この語は無くて構わないでしょう。

（原作）エンピツを耳に挟んで来る友は木屑の匂う服そのままに
（添削）エンピツを耳に挟んで友は来る木屑の匂う服そのままに

友は大工さんでしょう。親しげな歌です。エンピツを耳に挟んでいるとか、服が木屑に匂うとか、具体性が生きています。「来る友は」を「友は来る」としました。結句「服そのままに」と呼応するには、三句を「友は来る」と切った方がしっかりします。

（原作）君の声聞くべくもなく消さざりし電話番号見つつわがをり
（添削）君の声聞くべくもなし消さざりし電話番号をりをりに見る

「君の声聞くべくもなく」は、結句「見つつわがをり」へ続くのでしょう。しかし「聞くべくもなく消さざりし」と続く二句三句は、言葉が滑らかではない気がします。添削例は「聞くべくもなし」と二句切れの形にしてみたものです。意味や形としてはこの方が明確かと思います。ただ、作者の「聞くべくもなく」（聞くこともできないままに）と言い澱んで下に続けようとした心情は理解できます。

（原作）　わが家の前を学舎へ通う子の数の減りしを年ごと覚ゆ
（添削）　わが家の前を登校する子らの数減りゆくを年ごとに見る

全国的に見られる寂しい状況です。「寂し」とは述べておりませんが、作者の心情は出ている歌です。「学舎へ通う」「年ごと覚ゆ」がやや重い表現ですので、これらを私たちが日常使っている言葉に近い表現にしました。この方が現代的で親しみのある歌になると思われます。

（原作）　地吹雪の空渡り来る鐘の音遠くはたまた近く聴こゆる
（添削）　吹雪く日の空渡り来る鐘の音遠くはたまた近く聴こゆる

地吹雪の日の様子をしっかりと詠んでいます。丁寧に表現していて立派な歌で、このままでもよいのですが、「地吹雪の空渡り来る」をより単純にしてみました。地吹雪は空にも吹き上がりますから原作は理解できますが、それでも詠み出し（初句）はあまり重くならない方がよいでしょう。

近き音遠きおと空《そら》をわたりくるこの丘にしてわがいこふ時　佐藤佐太郎

この歌も同じような素材を扱っていますが、表現は平易で、調子はゆったりとしています。

（原作）地下鉄のホームのよどみを風圧に払ふがごとく電車入り来る
（添削）地下駅のよどむ空気を押しはらふ風圧ありて電車入り来る

原作上句「地下鉄のホームのよどみを風圧に」は言葉が平板に下へ下へと続き、もたついている感じがあります。「の」「の」「を」「に」と続く四つの助詞が落着かないのかもしれません。素材として良いところを捉えている訳ですから、そこにより直截に近づくような簡明な表現を求めてもよいのではないでしょうか。

（原作）人生の終焉に見たる風景か香月の「雪の海」蕭条とせり
（添削）人生の終焉に見たる風景か香月の「雪の海」蕭条とせる

香月泰男の絵を見て思いを寄せた歌。心情が籠っていてよい歌です。このままでいいと思いましたが、欲張って結句の「せり」を「せる」としてみました。「り」は助動詞の終止形ですが、連体形「る」としたのは、「蕭条とせる絵であるよ」という程の余韻を残そうとしたためです。

（原作）しだれ桜は水面に揺れてうす紅色のひかりを返す
（添削）水の面にしだれ桜の影揺れてうす紅色のひかりを返す

しだれ桜のはなやぐさまを詠んでいます。作者が見ているのは水面近くまで垂れている桜それ自体かと思われます。添削例は、しだれ桜が水面に落している影のあたりを詠んだようになっています。添削としては必要以上のことかもしれませんが、原作上句が第三句欠落のように思われ、型式を整えるために「影揺れて」を挿入したものです。上句の調子をご検討ください。

（原作）処理できぬ核廃棄物を延々と吐き出しつづけて罪びとか、われら

（添削）処理できぬ核廃棄物を吐き出して止《や》むを知らざるわれら、罪人

原作は二句と四句と結句がいずれも八音の字余りになっています。字余りが多い歌は散文的な感じになりがちです。添削例は二句「核廃棄物を」だけが字余りとなっています。「吐き出しつづけて」と述べている訳ですから「延々と」は不要とも言えるでしょう。必要な言葉を大切にして、型式を美しく作り上げることが韻文の魅力です。

この歌は現代社会の課題を素材としています。これは私たち誰もが同じ思いを抱いていることです。ですから、共感するところがあります。反面、この歌における作者らしいところが見え難いという弱さも持つことになります。そこが社会詠の難しさでもあります。

（原作）朝のバス一番うしろの席に座しお天道様の力を満たす

（添削）朝のバスの一番うしろの席に座しおてんとさまの力に浴す

後ろの窓から朝の陽が射すのでしょうか。出勤時かもしれません。軽い詠みぶりが親しい歌ですので、表記も「おてんとさま」と軽くしてみたものです。

第十八章　助動詞「り」の接続

完了の助動詞には「つ」「ぬ」「たり」「り」があります。このうち「り」は接続の仕方が特殊なので注意が必要です。

「ポストが失せり」「夢にうろたへり」「夕日に映えり」「ひとつ加へり」「わが頰は覚えり」「ニュース流れり」「われに教へり」「役目を終へり」「文字現れり」「ジャムを煮つめり」「峠を越えり」など、私が見てメモしたものですが、これらの「り」は誤った使い方です。

助動詞「り」はサ行変格活用（サ変）の動詞の未然形と四段活用の動詞の已然形にのみ接続します。サ変の動詞は「す」「おはす」の二語ですから、その未然形に接続して「せり」「おはせり」となります。これ以外は数多くある四段活用の動詞にのみ接続します。

冒頭に示した「失せり」「うろたへり」などはすべて下二段活用の動詞に接続させている誤りです。

わが頬を打ちたるのちにわらわらと泣きたきごとき表情をせり　河野裕子
たつぷりと真水を抱きてしづもれる昏き器を近江と言へり　同

「せり」はサ変動詞に接続した「り」で、「言へり」は四段動詞に接続した「り」です。「り」の接続しない下二段動詞の場合には、他の完了の助動詞「つ」「ぬ」「たり」を考える必要があります。

（原作）踏みてゆく枯葉の音のさやかにて林のみちに風絶え果てり
（添削）踏みてゆく枯葉の音のさやかにて林のみちに風絶え果てぬ

「絶え果て」は終止形が「絶え果つ」で下二段活用の動詞です。広辞苑で「はつ（果つ）」を見ると《自下二》と出ています。「り」は下二段活用の動詞には接続しませんので、他の完了の助動詞「ぬ」に改めました。

（原作）百選の一つでありし棚田でも十年経てば容姿くずれり
（添削）百選の一つに入りし棚田なれ十年経ちて姿くずれぬ

作者の近くにある棚田でしょうか。地名があるとさらに良い歌になると思われます。「くずれり」は前の歌と同じで、「くずれぬ」と改めました。「くずれつ」とする人もあるかと思います。「ぬ」は一般的には「花咲きぬ」のように、自然的作用の完了に用い、「つ」は「石を投げつ」のように、人為的な動作の完了に用います。しかし私たちは現在これらを厳密に区分せず、音感などを考慮してかなり自由に使用しています。

（原作）追悼の灯籠あまた北上川の水面を覆ひぬ川開きの宵
（添削）追悼の灯籠あまた北上川の水面覆へり川開きの宵

「覆ひぬ」を「覆へり」としました。助動詞「ぬ」を助動詞「り」と改めたのは、「ぬ」が完了（…テシマウ）の意味を主としてもつのに対し、「り」が完了の他に存続（…テイル）の意味をもつことによるものです。

この歌の場合、灯籠が川面を覆いつくしているという存続の意味あいが強いのではないでしょうか。

（原作）鉢植ゑのパセリを摘みて加へたる七草粥は初夏なる風味

（添削）鉢植ゑのパセリを摘みて加へたる七草粥ははつなつの味

パセリの強い香は初夏を思わせるものだったのでしょう。新鮮な感じの歌です。「加へたる」「初夏なる」の「たる」と「なる」は助動詞です。終止形はそれぞれ「たり」「なり」ですが、ここでは連体形「たる」「なる」が使われています。この「たる」「なる」の音の重なりが一首の中で少し重苦しいのではないでしょうか。添削例は「たり」はそのままにして、一方の助動詞「なる」を省くように作ってみたものです。

（原作）欄干をかすめるほどにとぶとんび鮎の解禁日空より参加す

（添削）欄干をかすめるほどに飛ぶとんび鮎解禁の日と知り飛ぶか

橋の欄干のあたりをとんびが飛んでいたことと鮎の解禁日とを関連づけて、楽しげな歌にしています。

「鮎の解禁日空より参加す」の下の句は、四句五句ともに字余りになっています。字余りが効果的にはたらくこともありますが、基本としては先ず定型を守るということを心がけたいと思います。

（原作）あの駅のプラットホームに置いてきた十九の晩秋ちぎりし心
（添削）あの駅のプラットホームに置いてきた十九の秋のちぎりし心

しっかりと詠まれている歌ですが、四句「十九の晩秋」と結句「ちぎりし心」の並列した感じが気になります。置いてきたのは「ちぎりし心」でしょうから、そこに緩みなく続いてほしいところです。「晩秋」は作者にとって捨てがたい思いがあると思いますが、ここは敢えて単に「秋の」とし、結句への接続の方を優先させました。

（原作）木々の影道に揺れつつ春泥は時に映せり我と我が影
（添削）木々の影道に揺れつつ春泥は時に映せり我の行く影

季節感のある爽やかな歌です。木々の影が道に揺れているぞとやや遠くから見た様子を先に述べ、次にその道を行く自身のことに移って述べているのですが、その移行がごく自然です。三句の「春泥は」がその繋ぎ役として収まっています。「映せり」の「り」がしっかりと使われています。このような時に「映しぬ」と書くとやはり不十分でしょう。結句は単に「我の行く影」でよいと思います。

（原作）水勢に押されて亀が瀬を辷《すべ》る勇む二匹に徒労は続く

（添削）水勢に押されては瀬を辷りつつ亀二匹おり徒労のごとく

瀬と言ってもごく浅いところで、作者には二匹の亀の様子がよく見えているのでしょう。その懸命さを「勇む」と述べているのですが、このような作者の主観はできるだけ抑制する方がよいことは、これまでも述べてきました。

殊にこの歌には「押す」「辷る」「勇む」「続く」の四つの動詞が使われていますので、添削例は動詞を三つにし、主観をすこし抑制した作り方にしています。

（原作）ほの暗き歩道の自販機早苗田に影をゆらして人を待ちおり

（添削）早苗田に影ゆらしつつ自販機は暗き歩道に人を待ちおり

夕暮れでしょうか夜でしょうか、自販機の影あるいはそのあかりが早苗田に映っている様子を詠んだ歌で、着眼点がよく心ひかれるものがあります。

原作のままでも内容は伝わりますが、もう少し推敲すると歌一首としての形がすっきりして、形の整った歌になったのではないでしょうか。「ほの暗き歩道の自販機早苗田に」という上の句をもっとゆったりとした明解な語順にしたいと思いました。「人を待ちおり」は擬人法の表現ですが、この歌では違和感なく使われています。

（原作）法被着て扇子振りつつ進みくる雀踊りに街は湧き立つ

（添削）法被着て扇子振りつつ進みくる雀踊りよ街は湧き立つ

「仙台青葉祭」の注のある歌。しっかりと作られていてこのままでもよいと思いましたが、もうすこし浮き立つ感じがあってもよいでしょうか。「雀踊りに街は湧き立つ」はことがらの叙述ですが、「雀踊りよ街は湧き立つ」とすると作者の感情が入ってきます。

「雀踊りよ」で切る四句切れの作り方になりましたが、この方が歌一首の調子に変化が出てよいように思います。

(原作) 実を結ぶ躑躅のありて夏の陽は乳のごとくに光そそげり
(添削) 実を結ぶ躑躅のありて夏の陽は乳のごとくに光をそそぐ

実を育てるように射している夏の陽を「乳のごとくに」と表現しています。思いの深さのこもる表現です。結句「光そそげり」の「り」は存続(…テイル)の意味をもちますが、この歌においてはこの「り」が一首の終りとしての調子(勢い)をやや落している気がします。添削例は「光をそそぐ」と現在形の動詞で終止させています。この方が明解で調子もよいと思います。この結句は「り」を削除した代わりに「光を」の助詞「を」が入ってきています。この「を」も結句の安定に大きくはたらいています。

(原作) 坂道を下りつつ体ふらつくに老いの思いをひとつ加へり
(添削) 坂道を下りつつ体ふらつくに老いの思いをひとつ加へつ

「加ふ」はハ行下二段活用（加へ・加へ・加ふ・加ふる・加ふれ・加へよ）の動詞です。ですから助動詞「り」は「加ふ」には接続しません。添削例は「つ」としましたが、他の助動詞も考えられますし、あるいは単に動詞「加ふ」で終止する作り方もあると思います。悩みながら、そして楽しみながら推敲しましょう。

第十九章　助詞に注意しよう

助詞はいつでも他の語の下に付いて用いられ、語と語の関係を示したり、細かな意味を添えたりします。主なものを挙げると「の」「が」「を」「に」「へ」「と」「ば」「ど」「て」「つつ」「ぞ」「や」「か」「こそ」「も」「よ」などです。

歌の批評に際して、その歌の助詞を問題にするようなことは細部に触れることのように思われるのか、そう注意を払わないままに終ってしまうことも多いようです。

助詞が適切に使われていない歌は、意味が伝わりにくく、調子もスムーズではありません。多くの人に親しまれ暗唱しやすい歌は、助詞が大きなはたらきをしていると私は思っています。

東海の小島の磯の白砂に／われ泣きぬれて／蟹とたはむる　石川啄木

盛岡の中学校の／露臺《バルコン》の／欄干《てすり》に最一度我を倚《よ》らしめ　同

よく知られた愛唱性のある歌ですが、これらの歌は助詞の使い方がよく似ています。

「東海の小島の磯の」は助詞「の」を三度続けて使っています。これは「盛岡の中学校の露臺の」も同じ形です。そして「白砂に」「われ泣きぬれて」「蟹と」と助詞「に」「て」「と」が続きます。「欄干に」「我を」と、こちらは助詞「に」「を」が続きます。始めに「の」を重ねて調子をつくり、それを受けて「に」「て」「と」「を」などの助詞が語の意味の定着に役目をはたしているという構図です。

助詞が適切であると歌が落着いた感じになります。推敲の際に注意して見てほしいと思います。

(原作) 春の陽の故郷の山の優しくて桃はゆっくりふくらみはじめる
(添削) 春の陽は故郷の山に優しくて桃はゆっくりふくらみはじむ

故郷は桃の木の多い所なのでしょう。その風景に向きあって心情を急がずに述べている歌です。

原作の上の句「春の陽の故郷の山の優しくて」には助詞が五つ使われています。「の」が四回と「て」が一回です。「の」が調子をつくることを先に述べましたが、この歌では少し滑りすぎるようですので、抑制し「春の陽は故郷の山に」と別の助詞「は」「に」に替えてみました。

（原作）**節電にうちは扇子を卓上にやさしき風は昭和をしのぶ**

（添削）**節電に団扇と扇子取りいでてやさしき風に昭和をしのぶ**

団扇や扇子をよく使った経験をもつ作者です。「節電」という現代の課題とともに詠んだ新しさがあります。

原作は助詞「に」を二回、「を」を二回、「は」を一回使っています。「やさしき風は」の「は」が特に気になります。「やさしき風に」でよいと思います。

（原作）**「母の日に花はどこでも届けます」「ならばお願いお空にひとつ」**

（添削）**「母の日の花はどこでも届けます」「ならばお願いお空にひとつ」**

会話体のおもしろい歌です。初句「母の日に」の助詞「に」を改めて「母の日の」としました。「母の日の花」という表現が自然なのではないでしょうか。

（原作）言葉にはならぬ感情湧き出でし市役所庁舎のお別れ式に
（添削）言葉にはならぬ感情湧き出でぬ市役所庁舎お別れ式に

震災の歌。津波の犠牲者のあった市役所を解体する式に参列した作者と思われます。「湧き出でし」の「し」は過去の助動詞の連体形ですから、ここは改めなければなりません。「市役所庁舎のお別れ式」の助詞「の」は無い方が引き締まってよさそうです。感情が素直に表出されており、心に沁みる歌です。

（原作）乙女心いまも残るやクローバーに会えば思はず四つ葉を探す
（添削）いまに残る乙女心かクローバーに会へば思はず四つ葉を探す

原作のままでも良いと思いますが、少し形を変えて「乙女心」を二句に移しました。この方が落着くと思います。「乙女心か」の「か」は助詞ですが、「や」よりも強く響いて爽やかです。

（原作）卓を拭く店員さんの手のフキン折られ反され吾の前に来つ

（添削）卓を拭く店員さんの手の布巾折られ反され置かるわが前

食堂などでの体験でしょう。日常の小さなことがらですが、場の様子を丁寧に見て歌にしています。迷いましたのは結句「吾の前に来つ」です。店員が拭いている手の布巾が、今私の前までやって来て、そこを拭いているということなのでしょうか。「置かるわが前」は、別の解釈になりますが、あるいは作者もこのような意味あいで詠んだつもりなのかとも思いました。

（原作）つかむさえ忘れて葛はその先を虚空へ向けつ風に誘われ

（添削）つかむことを忘れし葛かその先を虚空に向けつ風に誘われ

「つかむさえ」の「さえ」は助詞ですが、似た意味の「だに」「すら」もあり使い方に迷います。「さえ」はあることがらにさらに他のことがらが加わる時の言い方ですが、この歌ではそれらを明確にする訳でもありませんから省いてよいと思います。「つかむことを」は字余りの初句ですが、ここは意味の明解さを優先させました。

（原作）満開の桜あふげば花はなの隙よりの空あを色あはし

（添削）満開の桜あふげば花ばなの隙を充たしてあをき空あり

桜の花を詠んで情感のある歌となっています。「満開の」「花はなの」「隙よりの」と助詞「の」が続きますが、「隙よりの空」が少しぎこちない感じがします。

この四句を「隙を充たして」と「の」を使わない表現にしてみました。「の」は歌に調子を与えますが、時には抑制することを心がけたいと思います。

（原作）手を伸ばし杏の実をばもぎて食む父母のなくても此処は故郷

（添削）手を伸ばし杏の実をばもぎて食む父母いまさねど此処は故郷

上の句と下の句がしっくりとした感じに呼応しています。「手を伸ばし杏の実をばもぎて食む」には子供の頃の回想があるのかもしれません。具体性がとてもよいと思います。四句「父母のなくても」でも意味はよく分かりますが、「ても」がやや説明のきらいがありますので、ここは明確に「いまさねど」としてみました。「います」は「いらっしゃる」という意味の尊敬語です。

（原作）軽鴨の母子《おや》であらむ青田には溜りし水にさざ波つくる
（添削）軽鴨の母子なるらむ青田なかつづき泳ぎてさざ波つくる

「であらむ」の表現がどこか堅苦しくないでしょうか。助詞「で」は「に」と「て」が接合してできた言葉で、鎌倉時代以後に用いられたようです。私たちは日常「…であろう」と普通に使っていますが、だからと言って「であらむ」がそのまま生かされるというものでもなさそうです。

（原作）古書店の棚にて見付く新歌集拡げて見れば真筆新し
（添削）古書店の棚に見付けし新歌集開きてみれば署名新し

一首のかたちはそのままですが、言葉を多く入れ替えました。「見付く新歌集」の「見付く」は終止形ですので、「見付くる」「見つけし」など下に続く表現にすべきです。「真筆」は歌集に記した署名かと思いました。「サイン」とも普通に言っていますので、それでもいいでしょう。

古書店に、署名入りの新しい歌集が出ていたという興味深い内容をもっている歌です。

（原作）めんだうな人と思はれなきやうに生きて今にいささか孤独
（添削）めんだうな人と思はれないやうに生きて今にいささか孤独

自省の歌で意味もよく分かるのですが、二句から三句「思はれなきやうに」の表現に違和の感じを抱きました。詠み出しの「めんだうな人」という口語の表現に続く「思はれなき」の堅苦しい表現によるものと思われます。添削例は思い切って口語で通してみたものです。「思はれないやうに」の方が私たちの日常に添っていて親しいのではないでしょうか。

（原作）空きすぎた時間をどうにか埋めようと家事に専念忙しそうに
（添削）もてあます時間をどうにか埋めようと家事に専念す忙しそうに

楽しい歌で作者が偲ばれます。「専念」で切れていますが、ここは字余りでも「専念す」とすべきです。結句「忙しそうに」がユーモアで、ここに正直な作者が見えていて親しい歌となっています。

第二十章　メモの心掛け

皆さんはどのようにして歌を作っておられるのでしょう。歌を書きつけるノートを用意しておいて、日ごとあるいは時々それに書くという人が多いと思います。しかし、さあ歌を作りましょうと思っても、ノートにすぐに書けるものでもないでしょう。歌の言葉は、ノートから離れている時でも、不意に心に浮かんでくることも多いものです。

そうしますと、歌を並べて書きつけるノート以前に、手帳とか紙片とか、取りあえず歌（歌のかたちのもの）を書きつけておくものが身近に無ければいけません。私は紙片を多く準備しておき、主にそれを使っています。

硝子越し揺るる木あれば歌なすと戸の外へ出づ手帳片手に　田谷　鋭

朝風に揺るる椿の木と思ひ歌記すなり露地の陽の中　同

この二首は同じ時の作ではありませんから、一首目の「硝子越し揺るる木」が二首目の「椿」かどうかは分かりません。これらの歌から分かることは、風に揺るる木に作者は心をうごかし、それに積極的に立ち向かっているということです。一首目の歌は「手帳片手に」と述べています。二首目には「歌記すなり」とだけありますが、手帳か何かを持参していると思われます。手帳でも紙片でも、書き留めた歌がそのまま良い歌になっているとはかぎりません。あるいは捨てることになるものも多いでしょう。でも、良い歌を残している人たちは、捨てている歌も多いのではないだろうかと、私は勝手に思っています。

（原作）駆け込みし軒につばめと宿りゐて光曳《ひ》き降る雨の香を浴む

（添削）駆け込みし軒下に立ち光曳き降る雨を見るつばめとともに

驟雨で駆け込んだ軒は燕の巣のあるところだったのでしょう。この歌はみずみずしい感じのある歌ですが、言葉が錯綜して煩わしいところがあります。「駆け込み」「宿り」「ゐ」「曳き」「降る」「浴む」と動詞が多くなっているのも一因かと思います。「雨の香を浴む」は、作者が最も工夫したところかもしれませんが、この句が読む者にとっては少し抵抗感があって、歌に素直に入ってゆくことへの妨げとなっているようにも思われます。

（原作）朝靄につんざくように雉子が鳴き葱畑横切りまた声を上ぐ

（添削）朝靄に雉子が鳴きたり葱畑を横切りてまた声を上げたり

雉子の声が鋭いものであることはよく知られています。ですから「つんざくように」はことさら述べることはありません。この歌の良さは、作者がその場に居るという感じがよく出ていることです。最初は朝靄の中の声を聞いたのですが、二度目は葱畑を横切ったあたりの声を聞いています。雉子の姿は見えていないのだろうと思います。

添削例はこれで良いかと思われるほどの単純な作り方です。雉子が二度鳴いたのですから、「雉子が鳴きたり」「声を上げたり」と言葉を対にしてみました。

（原作）すずかぜの立ちてひぐらし鳴き始む地上七日の命ひびかせ

（添削）すずかぜの立ちてひぐらし鳴き始め地上七日の命ひびかす

この歌の良さは、生まれ出た蟬が地上での七日間だけの命をひびかせるように鳴いたというところにあります。

そうしますと、原作の下句の倒置の形よりは、添削例のように句切れなく詠み下ろした方が下句に重さが出て良いと思います。

（原作）見渡せどみえぬ野の鳥澄む声が夕にひびけり空刷くやうに

（添削）見渡せどみえぬ野鳥の澄む声が夕べひびけり空刷くやうに

抒情性のある良い歌です。原作は「野の鳥」と「ひびけり」でともに切れる二句切れ、四句切れになっています。「野の鳥澄む声が」のところは「澄む声」の上に助詞が必要と思い「の」を置く工夫をしましたがどうでしょうか。「野の鳥」という表現も捨てがたいので迷うところです。

（原作）片陰に日ざし避ければ真向かいに咲く向日葵の道細くして

（添削）片陰に日ざし避ければ真向かいに向日葵の咲く細き道見ゆ

日陰に立った時に見た景でしょう。このような時にすぐにメモし、歌の形にしておく習慣が身につくと良いでしょう。あるいはこの歌の作者もそうしたのかもしれません。「日ざし避ければ真向かいに」とありますから、それを受ける述部が欲しい気がします。

添削例では「見ゆ」となっています。向日葵に明るく日が射している景を作者は見たのではないでしょうか。

（原作）羇《せり》終へし人ら立ち去りし河岸《かし》訪ね帆立貝など安く買ひ来ぬ

（添削）羇終へて人立ち去りし河岸訪ね帆立貝など安く買ひたり

しっかりと手堅く作っている感じの歌です。しかし、事柄の叙述が優先して歌が説明的になっている感じも否めません。その要因のひとつに動詞の数の多さがあると思われます。「終へ」「立ち去り」「訪ね」「買ひ」「来」は動詞です。添削例は、最後の「来ぬ」を助動詞「たり」として動詞を一つ減らしました。三句「河岸訪ね」の「訪ね」も使わない工夫があるとさらに良いと思います。

（原作）「始まるよ」畑に野太く聴こゆるは朝ドラファンの吾を知る夫

（添削）「始まるよ」畑に声の聴こえきて朝ドラファンの吾を呼ぶ夫

畑に居る作者にテレビドラマの時間であることを夫が知らせているのでしょう。そういう筋書だけでこの歌は内容のある楽しいものになっています。呼ぶ声が野太い声であることまで述べますと、少し煩わしいでしょう。結句「吾を知る夫」を「吾を呼ぶ夫」としましたが、この歌ではやはり「呼ぶ」の動詞が欠かせないように思われます。

（原作）閉山の山肌みれば懐かしいハーモニカ長屋の跡地のこれり
（添削）閉山の山にし立てば懐かしもハーモニカ長屋の跡地のこれり

原作の「懐かしいハーモニカ長屋」のところは「懐かしい」で切ると歌の調子が引き締まると思います。そこを明確にするために添削例は「懐かしも」と感動の助詞「も」を添えてみました。「山肌みれば」はやや遠望の感がありますから「山にし立てば」としました。この方がその場に居る実感が伝わります。

（原作）居る中は建替へは無理と云はれたる翁が庭に春日浴びをり
（添削）居ながらの建替へは無理と言はれたる老いが庭べに春日浴びをり

独り住まいの老人なのでしょうか。居住しながらの建替えはできませんと言われたのでしょう。初句は「居ながらの」が分かりやすくて良いと思います。「翁」は「老人」とか「老い」が現代の私たちには身近で親しい言葉になっています。建替えを断念したのでしょうか。庭に春日を浴びている老人の姿に哀感があります。

（原作）永久にかかる筈なきケイタイを充電してをり夫の逝きても
（添削）永久に通話かなはぬケイタイを充電しをり夫の逝きても

亡き夫のケイタイを詠んだ歌。「かかる筈なき」は日常会話の言葉に近く、この歌の中では少しこなれない使い方の感じです。「通話かなはぬ」としてみましたが、他にも表現の仕方があると思います。どの表現が歌として一番落ち着くか、あれこれ考えることが必要です。それを楽しむようになれば歌もそれなりに立派になってゆくのだと思います。

（原作）その風の風合いやわし揺り椅子のわたしがゆっくりとけ出しゆけり
（添削）昼すぎの風やわらかし揺り椅子のわたしがゆっくりとけ出すほどに

揺り椅子で心地よい風に浸っている時の歌。「その風の」はやはりはっきり設定した方が、読む人にとっては抵抗なくこの歌に入っていくことができます。仮に「昼すぎの」としてみましたが、そうでなくても構いません。

表現の工夫はいつでも欠かせませんが、それが目に立ちすぎると良くないことも多いのです。このあたりの兼ね合いが、実作者にとって難しいところです。

結句「とけ出しゆけり」は工夫された表現ですが、「とけ出すほどに」ぐらいが自然の表現で読者にもその思いは届くのではないでしょうか。

（原作）近隣の親しき人等が叱るがに母の名呼びて惜しみてくれし

（添削）近隣の親しき人ら母の名を叱るがに呼び惜しみくれたり

母の挽歌。「叱るがに母の名呼びて」が親しかった人たちの心情をよく表現して、この歌の良さとなっています。

ただ、原作を読み返すと、表現がやや散文めいて、韻文としての短歌の味わいを損なっているように思われます。語の配置や助詞「て」の重なりなど、推敲してほしいと思った歌です。

第二十一章　素材に近づくこころ

前章では「メモの心掛け」ということを述べました。手帳や紙片をいつも身近に置いて心に留まったことをメモする習慣を身につけると、歌と向き合う態度が一段階向上ということになるでしょう。

今回のタイトルは「素材に近づくこころ」ですが、何も特別なことではありません。「手帳や紙片をいつも身近に置いて心に留まったことをメモする」、そのことが実行されてゆけば、その延長として、より積極的に素材に近づこうとする態度が醸成されてくるでしょう。「心に留まったこと」から「心に留めようとすること」への移行です。「見える」から「見る」への移行と言ってもよいでしょう。

藤棚はやはらかき黄と近づくに繋がれてゐる犬も見えくる　花山多佳子
掘割を流れくる藻にひとひらの葉つぱ絡みてうらがへりたり　同

芽吹きはじめた藤棚の藤が淡い黄の色であると思って近づいたのでしょう。ところがそこには遠くからは見えなかった犬が繋がれていたということです。この歌には作者の「見る」ことに対する積極的な態度がよく出ています。

掘割を流れてくる藻の歌も、作者は見ようとしてそれを見ていることが伺われます。歌を作り続けてきた長い経験から「素材に近づくこころ」を普段のこととして身につけているように思われます。

（原作）咲き匂ふ梅花の径をくぐりきて小暗き夫の墓所に至る
（添削）咲き匂ふ径の梅花をくぐりきて至れる夫の墓所小暗し

小暗き墓所に至って粛然となる思いの背後に咲き匂う梅花の明るさがあり、情感のある歌になっています。添削のポイントは第三句と結句との関係です。原作は「くぐりきて…墓所に至る」ですが、添削例は「くぐりきて…墓所小暗し」です。原作は作者の行為をそのとおりに述べているのですが、少し説明の感じがあります。「小暗し」として終止すると、そこに作者の感情が少し入ってくるでしょう。

（原作）黄のチョークことりと置きて授業終ふふたたびは来ず今日といふ日は
（添削）黄のチョークことりと置きて授業終ふふたたびは来ず今日の五〇分

授業を終えた時の思いを詠んだ教師の歌。「ふたたびは来ず今日といふ日は」と詠んだのは、あるいはその日の最後の授業だったからかもしれません。でも、最後の授業であるということが明確である訳でもありません。

チョークを「ことりと置きて」の具体性が魅力ですが、この表現は、五〇分か一時間かその授業が終った瞬間を先ずは思わせます。添削例はそのような歌になっています。

（原作）水仙のなかに咲きゐる一輪のたんぽぽの花われと思ひつ
（添削）水仙にまじり咲きゐる一輪のたんぽぽは今日のわれの明るさ

一輪のたんぽぽの花を「われと思ひつ」と述べておられます。どうしてそのように思ったのでしょうか。水仙群のなかの一輪だけのたんぽぽに孤独の感じを抱いたのかとも思ってみました。しかしこの歌にはその手掛かりはありません。対象にもう一歩近づいて、自分なりの見方をすることが要求されるように思われます。

添削例は、たんぽぽの明るさというごく一般的な受け止め方をした歌になっています。「明るさ」でなく、作者が受け止めた他のことがあると強い歌になるでしょう。

（原作）出雲崎海青きまま夕暮れて芭蕉の像と佐渡の灯を待つ

（添削）海青きまま夕暮るる出雲崎にしばらく立ちて佐渡の灯を待つ

抒情性があり味わいの深い歌です。芭蕉の像の傍で海を見ている作者が偲ばれます。原作の問題点は、上句から下句への続き方が揺らいでいる点かと思います。上句「出雲崎海青きまま夕暮れて」は「出雲崎」が主語です。それに対し下句「芭蕉の像と佐渡の灯を待つ」は主語は「私」です。この移り方がやや唐突でしっくりしない感じです。

添削例は、一首をつらぬく「筋」を通したいと思い、海に向いて立つ「私」を中心に表現したものです。「芭蕉の像と」を取り込むと少し複雑になって、一首として纏《まと》めにくいように思いました。

（原作）朝光《あさかげ》に翅震はする銀やんま卵《らん》産みつけむや水草の辺に
（添削）朝光に翅震はする銀やんま水草の辺に卵産むらし

歌の素材となっていることがら（対象）に心がしっかりと向いて気持よい歌となっています。四句で切れるその四句目「卵産みつけむや」は字余りですが、ここが少し重い感じになっていると思います。添削例は句切れを無くし普通に「水草の辺に卵《たまご》産むらし」としました。「朝光に翅震はする」がしっかりとしたよい把握で、ここがこの歌の力になっていますから、以下は普通に詠みすすむ方がよいでしょう。

（原作）皮かたく切れ目に苦心せし母の思い出さるる色濃き南瓜
（添削）包丁を入るるに苦心せし母の思い出さるる色濃き南瓜

色の濃い南瓜を見て硬そうだと思ったのでしょう。割るのに苦心した母を思い出すというのも自然のなりゆきで、作者の心情が理解できます。「皮かたく切れ目に苦心」という一、二句の表現はどうでしょう。「皮かたく」は上手に使えば生かせるかもしれませんが、「切れ目に」は細部に及ぶことになり使い方が難しいと思います。

詠み出しの表現はできるだけ無理なく、平易であるのがよいでしょう。「包丁」の言葉があると分かりよい歌となると思い、初句に置きました。

（原作）筋なして降る雨の力潔し不自由なる身を窓辺に置きて
（添削）筋なして降る力ある雨を見る不自由の身を窓辺に置きて

結句が「窓辺に置きて」ですから、この倒置のかたちが一首の中に生かされていなければいけません。原作はそこが曖昧になっているようです。添削例「雨を見る…窓辺に置きて」はその点を修正したものです。「雨の力」でも「力ある雨」でもよいのですが、そのように降る雨を、不自由の身の自分は窓辺で見ているというこの歌の内容に心ひかれます。この歌も素材によく近づいている歌と言えるでしょう。

（原作）ひるねする背中じんわり温む時素秋という季われに便りす
（添削）ひるねする背中じんわり温みつつひそかにわれに来ている素秋

素秋は秋の異称。昼寝の背の温みに秋の到来を感じているところに実感があります。

「素秋という季われに便りす」はかなり工夫した表現ですが、やや理屈めいていて必ずしも成功してはいないように思われます。表現には技巧が必要ですが、それはあくまでも内容を豊かにして相手に伝えるためのものでなければならないでしょう。実作者の私たちが最も悩むのはこの点です。

（原作）肉ジャガを頬張りつつけふ跳び箱を五段跳べたと娘は語りをり

（添削）跳び箱を五段跳べたよ肉ジャガを頬張りながら娘は語りをり

娘さんの元気な様子を詠んだ歌。内容は分かるのですが、原作は推敲が必要です。「肉ジャガを頬張りつつ」は結句の「娘は語りをり」に続くのですが、その間に「跳び箱を五段跳べた」が入ってきていますので、一首が散文のようになっています。

添削例では「跳び箱を五段跳べたよ」を娘さんの直接の言葉として独立させてみました。二句切れの型式です。

（原作）蝙蝠傘にてバスを待つ間も素振りせる紳士は今を燃えてやあらむ

（添削）蝙蝠傘にて素振りする紳士ありバスを持つ間も燃えてやあらむ

この歌も前の歌と同じように語順の問題がありそうです。「蝙蝠傘にてバスを待つ間も素振りせる紳士は」は普通の文章に近い表現です。添削例は「紳士あり」で切れる三句切れの作り方をしています。見たこと感じたことを型式に上手に乗せて表現することを心掛けるとよいと思います。

（原作）死の床に就きながらなを粧いぬふみ子の愛《かな》しき執念をみる

（添削）死の床に就きながらなほ粧へるふみ子の愛しき執念をみる

中城ふみ子を詠んだ歌と思われます。「愛しき執念」に作者の気持が反映されています。三句「粧いぬ」の「ぬ」は完了の助動の終止形ですから、ここは「…テイル」の意味をもつ助動詞「り」の連体形がよいかと思います。

（原作）水色の空に淡々浮く月をわれの吐息のごとしと見つむ
（添削）水色の空に淡々浮く月を見つむればわが吐息のごとし

しっかりと詠まれた歌で原作のままでもよいのですが、下句七七を入れ替えるように作ってみました。「吐息のごとし」で終る方が詠嘆の感じがより強くなるでしょう。

第二十二章　いつでも推敲を

中国唐代の詩人、賈島《かとう》が「僧推月下門（僧は推《お》す月下の門）」という詩句の「推《お》す」を「敲《たた》く」に改めた方がよいかどうか苦慮したという話が『唐詩紀事』という書に出ています。これが基となって「推敲」の語が生まれました。「詩や文章を作るに当たって、その字句や表現をよく練り直したり書き直したりすること」を言います。

上田三四二に『短歌一生』という本がありますが、「推敲」に触れている部分を紹介しましょう。

「机に向かってするのは推敲《すいこう》だ。道で拾ってきた歌は帰るとすぐに書きつけておく。そして何日かたってから、取り出して、見直す。何という落胆《らくたん》。推敲とは捨てることなのか。日を経て見る自作はできたときのよろこびをよそに、押し花のように色あせている。さすがに捨てるには惜しく、能《あた》うかぎり保存の策を講じようとして、手を入れる。その手入れがまたむつかしい。下手にいじるともとの歌のぎこちなさの中にあった直接性がただのきれいごとになってしまう。直せばいいというものではない。だが直さなければ見られない。

じれったいが、焦らないことだ。」

ここには推敲ということの実際がよく書かれています。推敲して失敗の歌になってしまうことはもちろんあるでしょうが、推敲によってよい歌になっていることの方が圧倒的に多いのだと私は思っています。

「歌壇」（二〇一四年六月号）に次のような歌があり心打たれました。

この歌がひとに読まるる時までは死にてはならじと推敲をする　橋本喜典

歌を作ること、それは推敲を重ねることだと言っているような歌です。それはおそらく努力の要るたいへんなことなのでしょう。しかし私は時々思うことがあります。よい歌を作る人たちは、推敲して歌がよくなることを知っていて、その時間をひそかに楽しんでいるのでないだろうかと。皆さんはいかがでしょうか。

（原作）厚らなる椿葉群を揺らしつつ声なく小鳥朝を遊べり

（添削）厚らなる椿の葉群揺らしつつ声なく朝の小鳥遊べり

小鳥の様子を観察して詠んだ爽やかな歌です。「椿葉群を」を「椿の葉群」とし「小鳥朝を遊べり」を「朝の小鳥遊べり」としました。言葉を窮屈でなく、なるべくゆったりと使おうとして改めたものです。助詞「の」の場所に注意してほしいところです。

（原作）首ふりて代掻き馬の巡りゐし田も荒れ荒れて茅萱いきほふ
（添削）首ふりて代掻き馬の巡りゐし田も荒れはてぬ茅萱いきほふ

「首をふる代掻き馬」が見られたのはいつごろまでだったでしょうか。当時の田植の賑わいが思われます。

原作「首ふりて」と「荒れ荒れて」の助詞「て」の重なりを避けて、四句を「田も荒れはてぬ」としました。結句「茅萱いきほふ」は独立した句となりますが、一首に変化ができてこの方がよいかと思います。

（原作）リヤカーに大鋸屑積みて運びゆく風呂屋のしげさん鉢巻をしめ
（添削）リヤカーに大鋸屑積みて運びゆく風呂屋のしげさん鉢巻を締む

「大鋸屑」はのこぎりで材木を挽いたときに出る「おがくず」。製材所でできたものを、風呂の燃料として使用したと思われます。

原作の結句は「鉢巻をしめ」と動詞の連用形で終っています。この歌の作者は三句「運びゆく」で切る三句切れの歌として作っているのでしょう。ですから「鉢巻をしめ」と倒置の形にしたと思われます。添削例は句切れのない歌の作り方とし、結句を「鉢巻を締む」と終止形で終るようにしたものです。この方が一首としての落着きがでてくるでしょう。結句の大切さが分かります。

（原作）子供らの集まる前に川底を整へやがてイワナを放つ
（添削）子供らの集まる前に川底を整へイワナを放つ準備す

子供会の行事の準備をしているのでしょうか。川の一部を囲ってイワナを放ちその摑み取りをするのだと思います。

原作「やがてイワナを放つ」の「やがて」の使い方に迷います。古語の「やがて」は「すぐに・ただちに」の意味ですが、しっくりしません。イワナを放つのは時間的に少し先のことなので「やがて」と述べたようにも思われます。添削例は曖昧な「やがて」を削除して、一首の意味を明解にしようとしたものです。

（原作）早朝の草を刈らんと畑に来て今年最初の郭公を聞く
（添削）早朝の畑に来りて草刈れば今年最初の郭公が啼く

「朝草刈り」という言葉があります。朝露を含む草を刈る気持のよい仕事です。この歌の添削のポイントは、第三句と結句の関係です。原作「畑に来て…郭公を聞く」は説明的な感じです。「草刈れば…郭公が啼く」はことがらの自然な叙述ですから、説明的ということは言えないでしょう。この歌は爽やかな感じがあってよい歌です。

（原作）年ごとに休耕田の増えて行く蝌蚪も水馬も見ずに初夏
（添削）年ごとに休耕田の増えゆきて蝌蚪も水馬も見ざる初夏

蝌蚪はおたまじゃくし。水馬はあめんぼ。水田の様子をよく知っている作者です。原作は「増えて行く」で切る三句切れの作り方をしています。そして結句が「初夏」の体言止めです。この形がぎこちない感じでしっくりしません。添削例は三句切れをなくして、直線的に結句の「初夏」に向かうようにしたものです。

（原作）**納骨に集ひし子等の皆去りていよよ一人の秋深みゆく**
（添削）**納骨に集ひし子等の皆去りていよいよ一人秋深みゆく**

心情がそのままに表現されてよい歌です。四句「いよよ一人の」を「いよいよ一人」とし、そこで切る作り方に改めてみました。「いよよ一人の秋」は説明的な表現ですが、「いよいよ一人」と切るとそこに作者の感情が表出されることになります。そうすると結句「秋深みゆく」の味わいが一層増してくるのではないでしょうか。

（原作）**はなやかに萩の落花は地を染めぬ人群れ歩む野草の園に**
（添削）**はなやかに萩の落花は地を染めぬ人賑はへる今日の野草園**

秋の行楽日和でしょう。はなやいだ明るさを詠んで気持のよい歌です。原作の下句は言葉がやや詰まっている感じがします。もう少しゆったりした表現の方が、この歌に合うように思われます。添削例の結句「今日の野草園」は字余りですが、歌がのどやかな感じの歌ですから字余りもそう気になりません。むしろ効果的でさえあるでしょう。

（原作）静かなるふるさとの海さざ波は離郷せしわれにいつにても寄す

（添削）静かなるふるさとの海さざ波は離郷せしわれに変らずに寄す

久しぶりに訪れたふるさとの海を詠んだ歌でしょう。くつろいでいる感じが歌にあらわれています。「いつにても」は「常のごとくに」とか「昔と変わらずに」という意味あいで使っておられるかと思います。しかしやや曖昧さが残るのではないでしょうか。添削例は「変らずに」としましたが、他にも「親しくぞ」「われを迎えてぞ」などいろいろ考えられそうです。どうぞ推敲を楽しんでください。よい歌です。

（原作）自転車を馬のごとくにあやつりて急坂下る少年ひとり

（添削）自転車を馬のごとくにあやつりて坂くだりくる少年のあり

元気のよい少年を詠んで楽しい歌です。「自転車を馬のごとくにあやつりて」は少年の躍動的な様子をよく表現しています。この上句によって、この歌は魅力あるものになっていると思われます。ですから、下句はいろいろと述べず、単純な表現にすべきかと思います。「急坂下る少年ひとり」は言葉がやや詰まっているかと思い添削したものです。

（原作）退院の安堵を妻と語りつつ柏餅ひとつ惜しみ食ひたり

（添削）退院の安堵を妻と語りつつ柏餅ひとつ味はひて食ぶ

退院した後のことを詠んでおられると思います。心情がよく出ている歌です。「惜しむ」はおそらく柏餅に対する愛着の気持を表現した言葉でしょう。古語でも多く使われた言葉です。しかし、この歌ではやや曖昧さもあるかと思います。より明確に「味はひて食ぶ」としてみました。

（原作）老斑と青筋のうく手をひろげ小指にあかきマニキュアをぬる

（添削）老斑と青筋の浮く手なれども小指にあかきマニキュアを塗る

日常の小さなことがらですが楽しげな感じの歌に仕上げています。「うく」「ひろげ」「ぬる」は動詞ですが、動詞をひとつ少なくして説明の感じを避ける工夫をしました。

第二十三章　古歌から学ぶ

短歌は和歌の一つの形体です。和歌には短歌のほかに長歌、施頭歌《せどうか》、仏足石歌《ぶつそくせきか》、片歌《かたうた》がありましたが、現在はほとんど短歌のみが作られています。『万葉集』をはじめとして、それ以後の多くの歌集から私たちは学び、現在も短歌を愛し日々実作に励んでいるということは驚くべきことともいえるでしょう。

『万葉集』巻八の巻頭に据えられた次の歌はよく知られています。

石《いは》ばしる垂水《たるみ》の上のさ蕨《わらび》の萌え出づる春になりにけるかも　　志貴皇子

春をよろこぶ気持が率直にそして大らかに表現された美しい歌です。岡野弘彦氏はこの歌について、著書『万葉秀歌探訪』の中で次のように述べています。

「わざわざ現代語訳をつける必要もないほど、一首の意味は簡明である。だが、「萌え出づる」ものへの感動に対して、われわれ現代人はおどろくべき鈍感さになってしまっている。その点は、こういう感動の単純に示されている歌に触れた機会に、新鮮にしておくのがよいと思う。」

私たちは今、自然に直接向き合って歌を詠むということが極端に少なくなっています。これは、これまでの和歌の歴史を思うとかなりの異変です。「おどろくべき鈍感さ」と岡野氏は指摘していますが、このことはしっかりと考えなければならないことと思います。

（原作）理解さるることをいまだに望めるか木槿の花の指につめたし

（添削）理解さるることを望める我なりや木槿の花の指につめたし

三句切れの歌ですが、上句と下句はそれぞれ独立性が強いので、その関連が問題になってくる歌のように思われます。自身を見つめている歌なのではないかと思い、添削例は「我なりや」としました。少しですが、上句と下句の関連ができてきたのではないでしょうか。内省の感じが魅力となっている歌です。

（原作）妹の摘みくれし白の彼岸花さびしき極みをわれのみが知る

（添削）妹の摘みくれし白の彼岸花さびしきものをわれは手にする

彼岸花は赤花のものが一般的ですが、白花のものもあるようです。この作者は白花のものに対して特別な寂しさを覚える何かがあるのかもしれません。「さびしき極みをわれのみが知る」と述べています。しかし、読者にはそれは分かりません。私は次の歌を思い出しました。

吾木香《われもかう》すすきかるかや秋くさのさびしききはみ君におくらむ　若山牧水

この「さびしききはみ」という言葉が、彼岸花を詠んだ作者の心のどこかにあったでしょうか。添削例は「さびしきものを」とごく普通の表現を選びました。

(原作) さるすべりさかりに咲きて散る午後は国の敗れしその日を思う
(添削) さるすべりの花のさかんに散る午後は国敗れたる日の思わるる

さるすべりの花にまつわる敗戦の日の思い出が作者にあるのでしょう。実感のある歌です。原作は言葉づかいがやや小刻みで、忙しい感じがあります。「さかりに咲きて散る」「国の敗れしその日」の「その」の使い方などです。短歌は短い詩型ですが、言葉は緩やかに使うのがよいと思います。

（原作）つばくらめ初飛来日の三十五年黒板にある峡のスタンド

（添削）初つばめ三十五年の飛来日を黒板にしるす峡のスタンド

燕の飛来日を三十五年間にわたり黒板に書いてある峡のガソリンスタンドがあったという内容。経営者個人がそのようなことをしているのでしょうか。興味深いことが詠まれている歌です。原作を読んで整った感じがしないのは、三句「三十五年」など字余りを含む調子の悪さかと思われます。内容がやや豊富なので、定型に収めるのが難しいのですが、初句を「初つばめ」として添削してみました。

（原作）通りすぎるわたしを避けて立ち話する媼の目が背に注がれつ

（添削）通りゆくわたしを避けて立ち話しつつ媼の目がわれを追う

日常のふとしたことがらを注意深く受け止めています。このようなことは誰もが出合っていることなのですが、歌に詠むということは無かったように思います。

原作は字余りの初句で詠み出していますが、それに続く二句以下の調子もあまりよくありません。短歌は型式が大切ですから、そこを第一に考えて推敲すべきでしょう。添削例には「わたしを」と「われを」の言葉の重なりがありますので、更に工夫する余地が残るように思われます。

（原作）自転車のハンドル握る手の甲に温み残せるさくらひとひら
（添削）自転車のハンドル握る手の甲に温み残せりさくらひとひら

無理のない詠み方をしたよい歌です。四句「温み残せる」を「温み残せり」としました。「る」は完了（存続）の助動詞の連体形で、「り」はその終止形です。添削例は四句で切る四句切れの作り方です。原作との差異は微妙かもしれませんが、原作の「握る」「残せる」の「る」の重なりを気にすると、やはり「り」とすべきかと思います。

（原作）事も無く今日も終わりぬ蚊遣火の烟に漂う虚しさはなに
（添削）事も無く今日も終わりぬ蚊遣火の烟虚しきさまに漂う

一日が何事もなく終わったものの、たいしたこともしなかったなあという少し寂しい思いから生まれた歌でしょう。結句「虚しさはなに」がやや大摑みの表現で、常套の感じをともないます。抑制した表現の方が力をもつことも多いものです。

（原作）**父祖の苦を断ちたるわれの罪ゆるせ帰りてみれば限界の村**
（添削）**父祖の地を出でしは罪のごとくなり帰りてみれば限界の村**

父祖の地が過疎となってしまったことに対する作者の思いが率直に述べられています。率直に述べるということは悪いことではないのですが、思いのすべてを言い尽くすと逆に表現としての深さや味わいを欠くということになります。「われの罪ゆるせ」にその感じがあると思います。「罪のごとくなり」ぐらいに抑えて表現する方が歌として味わいがあるのではないでしょうか。

（原作）**鶴の舞う後楽園の西北に友と語りし下宿のありき**
（添削）**鶴の舞う後楽園に近きわが下宿なりにき友と語りき**

若き日を追憶し懐かしんでいる歌です。「語りし」の「し」と「ありき」の「き」は同じ助動詞で過去をあらわすはたらきをします。「語った」「あった」という意味になりますが、この歌のように「回想」の感じをもつ使い方も多く見られます。原作は、下宿がどこにあったかという地理的な要素を含んだ歌になっています。それゆえやや説明的でもあります。添削例は回想し懐かしむ感じを強くした歌になっています。四句「下宿なりにき」とひとまず切り、「友と語りき」と重ねてみました。

「鶴の舞う後楽園」にも思い出があるのでしょう。この詠み出しもよく味わいのある歌となっています。

（原作）澄み透る空より風たつ奥会津　楓錦《かへでにしき》は綾に舞ひ散る

（添削）澄み透る空より風の吹き下りて楓錦をひととき散らす

原作はことがらが錯綜して少し煩わしい感じがあると思います。地名の「奥会津」を中心の三句に据え、その上下に空の様子や楓の様子を分けて述べる形となっていますが、これもすっきりしない要因のひとつでしょう。「奥会津」を削除してみたのが添削例です。ことがらが単純になり、明解な歌になっていると思われます。しかし「奥会津」という言葉も捨てがたいものがあります。これを上手に取り込んで別の歌を作ってみるのもよいかと思います。

（原作）舟の入る小さき家ある伊根湾に夕日落ちおり熾火《おき》のように
（添削）舟の入る小さき家ある伊根湾に夕日とどまる熾火のように

京都府北部、丹後半島に伊根という漁港がありますから、そこで沈む日を見たのでしょう。抒情性の味わいの濃い歌で、独立した結句「熾火のように」が一首を支えて効果的です。四句「落ちおり」はいま沈みつつあることを述べたのでしょう。この「おり」が気になり、結句「熾火のように」との関連で「とどまる」としてみました。

（原作）愛妻家といふが些か煩瑣にて誘ふにしばしば躊躇《ためら》ひありぬ
（添削）愛妻家といふが些か煩瑣なり誘ふにしばし躊躇ひありぬ

友人は愛妻家と言われている人なのでしょう。作者の思いがよく出ていて好ましい歌です。原作どおりでもよいのですが、より整った調子を考えてみました。字余りとか、助詞「にて」「に」の重なりに注意を向けたものです。

最終章　仲間のいる心強さ

　これまで、歌の型式の扱い方や語法のこと、素材に向き合う態度などいろいろ述べてきました。それらは大方、短歌入門書のたぐいに書かれてあったり、短歌誌の歌の批評欄で触れられていたりすることですから、ある期間歌を作ってきた人にとってはごく当たり前のことと言えるでしょう。しかし、それらごく当たり前のことが実は奥が深くて、簡単には前に進めないのも事実です。歌の型式が身に馴染み、語彙が身につくようになるには、やはり年月が必要と思ってよいでしょう。その苦を支えてくれるのが「仲間がいる」ということで、これはとても大事なことだと私は思っています。

　永田和宏氏に『作歌のヒント』（ＮＨＫ出版）という本がありますが、その中の「歌会のすすめ」のタイトルの章に次の一文があります。

「自分の歌を読むということは、他人の歌を読めるということ以上にむずかしいものなのだと、私は思っています。私なども他人の歌はほぼ間違いなく読めるというある程度の自信はありますが、コト自分の歌のことになると途端に自信がなくなってしまいます。これは私に限らず、どの歌人にも多かれ少なかれ言えることで、余程の鈍感でもない限り、自分の歌は自分がいちばんよくわかるなどと豪語するような歌人はいないはずです。」

この文章に私は共感を覚えます。そこで、自分の歌をよく見てくれる組織としての結社や、歌会という場の必要性が生じてくることになります。長く歌を続けてきた人たちは、そういう「場の力」「仲間のいる心強さ」に支えられながら、歌を作ってきたのではないでしょうか。

歌書きて五十年過ぐおそらくは私の外のなにかのちから　柏崎驍二

私の歌で恐縮ですが、結社とか先輩たちとか同世代の仲間のことを思いながら作った歌でした。

（原作）　実を結ぶ躑躅のありて夏の陽は乳のごとくに光そそげり

（添削）　実を結ぶ躑躅のありて夏の陽のそそぐ光は乳のごとしも

豊かな内容の歌です。そそぐ光を恵みをもたらす乳のように見て詠んだのではないでしょうか。そうしますと「乳のようにそそぐ」よりは「そそぐ光が乳のようだ」の方が表現としてより適切なのではないでしょうか。

（原作）花びらが水にうくごとゆっくりと寒きあしたは金魚さむげに

（添削）花びらが水にうくごとゆっくりと金魚はうごく寒きあしたは

この歌の一番の問題は、「ゆっくりと」という副詞がどう作用しているかということです。それを受ける言葉が見あたりません。省略したのかもしれませんが、不安が残ります。「寒きあしたは金魚さむげに」は推敲すべきかと思われます。「金魚はうごく寒きあしたは」の「うごく」は、「ゆっくりと」を受けた言葉です。

（原作）忽然と春の妖精かたくりは花反り返りうつむいて咲く

（添削）忽然といづる妖精かたくりは花反り返りうつむいて咲く

この歌も前歌と同じことが言えると思います。初句「忽然と」の形容動詞がどのようになっているかが不明です。あるいは「忽然と…咲く」というように考えたのでしょうか。やはり曖昧です。添削例は「忽然といづる」と、すぐ下に受け止める言葉を置いたものです。

かたくりは天候の具合で急に花を開いたりしますから、この歌の「忽然と」は適切な言葉です。「もののふの八十《やそ》をとめらが汲みまがふ寺井の上の堅香子の花」は万葉集、大伴家持の歌ですが、この「八十をとめ」(たくさんの少女たち)と、先の原作の「妖精」は重なるものがあるでしょう。

(原作) 氏神の祭りの旗の染め抜きに今年逝きにし人の名が見ゆ

(添削) 氏神の祭りの旗の染め抜きに今年逝きたる人の名のあり

氏神の祭礼のための旗を奉納した人があり、その人がこの年に亡くなっているのでしょう。味わいのある素材です。「逝きにし」の「にし」は完了の助動詞「に」と過去の助動詞「し」の連語で、「…てしまった」の意味をもちます。この歌の場合は、完了やその結果が継続している時に用いる助動詞「たり(たる)」でよいと思います。

（原作）棹をさす舟は木陰で涼とれば河鹿蛙の声かしましく
（添削）棹をさす舟が木陰に止《とど》まれば河鹿蛙のしきり鳴きたつ

客を乗せている舟かと思います。この歌で注意すべきことは「棹をさす」「涼とれば」「声かしましく」など、言葉の選び方に常套の感じがあるということです。言葉はいつも新しい息づかいをもつように心がけて使うことが求められます。添削例でもまだ十分ではありませんが、常套語を離れる工夫をしたものです。

（原作）復元の〈ひらた舟〉川辺に舫ひをり廻米を積みし往時しのばる
（添削）〈ひらた舟〉復元されて舫ひをり廻米積みし往時のごとく

廻米は江戸や大坂に回送した米。「往時しのばる」の結句に古風な感じがあると思います。耳慣れた言葉はやはり避ける工夫が必要です。一応は「往時のごとく」としてみましたが、やはり曖昧で、何か別の具体を歌に取り込むことが求められるのかもしれません。

（原作）知らざる人と戦中戦後の辛きこと語らひをれば話題は尽きず
（添削）辛かりし戦中戦後のさまざまを語りて尽きず知らざる人と

原作と添削例を比べてみると、述べられていることは同じであることが分かります。どこが違うかと言えば、五・七・五・七・七の調子にうまく乗って詠んでいるか、そうでないかということです。

原作の初句「知らざる人と」は七音です。初句はできるだけ五音で詠み出すのがよいでしょう。添削例は結句に「知らざる人と」を据えました。歌が安定するかどうかは、五音七音をどのように効果的に扱っているかにかかっていると言ってもよいでしょう。そのための推敲を常に心がけることです。

（原作）遠き日に住みし家跡更地にて思ひ出蘇るは幼児の声
（添削）遠き日に住みし家跡更地にて蘇りくる幼児の声

かつて居住した地の跡に立った時、幼児の声が蘇ったと詠んでいます。この内容がとてもよいと思います。そのこと以外にも思い出すことがあったので、「思ひ出」の言葉を用いたのかもしれませんが、いろいろ取り込んでは歌が散漫になりますからこれは削除すべきでしょう。

（原作）かけてゆく小犬の名前呼ぶ幼《おさな》不安な顔に秋の風吹く

（添削）かけてゆく小犬の名前しきり呼ぶ幼の顔に秋の風吹く

ふと目に留めたことかもしれませんが、場の様子をよく写している歌です。小犬が逃げてゆくのかと幼子は不安だったのでしょうか。そう思った作者は「不安な顔に」という言葉を四句に据えました。しかしこの言葉が無い方が歌としての深みを増すのではないでしょうか。「不安な」と言わずに、読者にそれと判断してもらえるような余地、余裕のある方がよいのだと思います。主観はあくまで抑えぎみにするのが基本です。

（原作）遠景を透かす傾りの杉木立梢尖りて秋空を差す

（添削）幹並び立てる傾りの杉木立梢尖りて秋空を差す

しっかりと見て詠んでいる歌です。原作の初二句「遠景を透かす」を添削例では「幹並び立てる」としています。「遠景を透かす」ですと、さてどんな景が見えているのだろうと読者は想像するでしょう。梢が尖って秋空を差していることを述べたい訳ですから、透いて見えている遠景は邪魔をしかねません。一つのことに視点を絞り、向けてゆくということです。

（原作）杉森の黒き輪郭あらわにし十五夜の月昇りてきたり
（添削）十五夜の月昇りきて杉森の黒き輪郭あらわにしたり

この歌も同じく杉森の歌で、眼前の景を写しています。原作と添削例は、上句と下句を単純に置き換えただけです。原作は十五夜の月が昇ってきたことに重点がありますが、添削例は杉森の輪郭のことに重点があります。作者は「杉森の黒き輪郭」に心がひかれたのではなかったでしょうか。

（原作）仲間ゐて歌はいのちと語り合ふ食事のあとの時間は楽し
（添削）仲間ゐて歌に拠《よ》る幸語り合ふ食事の時をわれは楽しむ

大きく添削しましたが、作者の意におおむね添うものと思います。「仲間のいる心強さ」のタイトルにふさわしいと思い、この歌を最後に置きました。

あとがき

本書は、第一章「型式を守る」から最終章「仲間のいる心強さ」まで二十四章によって構成されています。それぞれの章は、短歌総合誌「歌壇」（本阿弥書店）の平成二十五年四月号から平成二十七年三月号まで、二十四回にわたり掲載されたものです。「短歌入門」という視点から、作歌の基本となることがら、初心者の誤りやすい文法などを難しくなく述べるように心がけました。

添削のそれぞれの歌は、この欄に投稿いただいた歌、私が歌会などで心に留めた歌などです。ですから、新仮名遣いの歌もあり旧仮名遣いの歌もあります。例えば「おり」（新仮名遣い）となっている歌もあり、「をり」（旧仮名遣い）となっている歌もあるということです。

第六章で「新仮名遣いと旧仮名遣い」について詳しく述べています。どちらの仮名遣いにもそれぞれの良さがありますので、初心の方はよく考えて自分に合うと思われるものをお選びください。

添削例の歌の数が多いので、読むのがたいへんだと思われる方は、各章どこでも興味あるところから読んでいただいて結構です。本書がなにがしかのお役にたてれば幸いです。

平成二十七年六月

柏崎驍二

著者略歴

柏崎　驍二（かしわざき・きょうじ）

昭和16年生まれ。
歌集『読書少年』『青北』『月白』『四十雀日記』『百たびの雪』
『北窓集』など。
第47回短歌研究賞受賞。
第27回斎藤茂吉短歌文学賞受賞。
平成28年4月逝去。

コスモス叢書第1088篇

短歌入門　うたを磨《みが》く

2015年8月20日　第1刷
2016年10月20日　第2刷

著　者　柏崎　驍二
発行者　奥田　洋子
発行所　本阿弥《ほんあみ》書店

東京都千代田区猿楽町2－1－8　三恵ビル　〒101－0064
電話　03－3294－7068（代）　振替　00100－5－164430

印刷・製本　三和印刷
定価はカバーに表示してあります。

ISBN978-4-7768-1186-2　C0092　Printed in Japan
© Kashiwazaki Kyouji 2015